쥐뿔도 없는 회귀

쥐뿔도 없는 회귀 11

목마 퓨전 판타지 장편소설

초판 1쇄 찍은 날 | 2018년 11월 12일
초판 1쇄 펴낸 날 | 2018년 11월 19일

지은이 | 목마
펴낸이 | 예경원

기획 | 위시북스
편집책임 | 이규재
편집 | 위시북스

펴낸곳 | 예원북스
등록번호 | 제396-2012-000132호
등록일자 | 2012. 7. 25
KFN | 제1-333호

주소 | 경기도 고양시 일산동구 호수로 646-24 위너스21II빌딩 206A호 (우)10401
전화 | 031-819-9431 팩스 | 031-817-9432
E-mail | yewonbooks@naver.com

ISBN 979-11-89564-40-7 04810
979-11-6098-833-8 (set)

※ 이 도서의 국립중앙도서관 출판시도서목록(CIP)은 서지정보유통지원시스템 홈페이지(http://seoji.go.kr)와 국가자료공동목록시스템(http://www.nl.go.kr/kolisnet)에서 이용하실 수 있습니다.

쥐뿔도 없는 회귀

11

목마 퓨전 판타지 장편소설

WISHBOOKS FUSION FANTASY STORY

Wish Books

쥐뿔도 없는 회귀

CONTENTS

1장
사마련

무림맹이 구파일방과 사대세가를 중심으로 이루어져 있다면, 사마련은 사마육문과 마도삼가를 중심으로 이루어져 있다.

하지만 지금의 세상에서, 사마련의 위세는 그리 큰 편은 아니다.

사마련은 무림맹처럼 긴 세월 존속해 왔지만, 아무래도 사파로 이루어진 탓에 세간의 인식이 그리 좋지 않다.

에리아 전역에 퍼진 구파일방과 명문세가와는 다르게, 사마련의 사마육문과 마도삼가는 사마련의 본산이 있는 하라스 근처에 자리 잡고 있었다.

그렇게 된 것은 현 사마련주인 마황 양일천이 긴 세월 동안 침묵하고 있는 탓이 컸다.

사마련주는 천하제일을 논할 수 있는 고수였으나, 대외적인 일에 거의 나서지 않고 있다.

덕분에 무림맹과 다른 이들에게 핍박받는 사파는 하라스를 중심으로 모여들 수밖에 없었다.

[무책임한 놈이로군.]

허주가 투덜거렸다. 그 말에는 이성민도 어느 정도 공감을 했다.

이번 일도 그랬다. 말해두었다고는 하지만 사마련주는 이성민에게 많은 말을 하지는 않았다.

그냥 사마련의 본산에 가서, 사마련주의 제자임을 밝히면 그들이 알아서 해줄 것이라 말했을 뿐이었다.

'증명을 얻어야 한다고 했었지. 귀찮게 될 것 같아.'

[꼭 그렇지는 않을걸.]

이성민의 중얼거림에 허주가 피식 웃으며 말했다.

[네놈이 고만고만한 실력의 소유자도 아니고. 너 정도의 고수라면 놈들이 보고 알아서 머리를 숙일 것이다.]

그 말은 어느 정도 맞았다. 아무리 사마련이 큰 집단이라고 하여도, 초월지경의 고수는 사마련주 하나뿐이다.

비록 사마련주와 비교해서 실력의 차이가 심하다고 하여도 사마련주가 없는 사마련에서 이성민의 무위는 절대적이다.

사파의 본거지라고는 하지만 하라스는 이성민이 생각했던 것과는 여러모로 다른 도시였다.

처음 이성민이 연상한 하라스는 북쪽의 트라비아 같은 시체들이 즐비한 황폐한 도시였었다.

하지만 막상 본 하라스는 나름의 규율이 잡힌, 구파일방이나 마탑이 있는 다른 도시와 비교해서 크게 다를 것이 없는 도시였다.

모두가 마인인 것은 아니다.

이성민은 몇 년 전에 들었던 말을 떠올렸다. 사마련은 사파의 집단이 맞지만, 그들 모두가 흉악한 마두가 아니라는 말.

단지 통제에서 튀어나온 송곳의 개수가 많을 뿐이라던 말.

사실 그것은 정파도 크게 다르지 않은 것 아닌가. 정파에서도 선한 척하며 뒤에서는 흉악한 짓을 일삼는 이들은 얼마든지 있을 것이다.

그들과 사마련의 차이라면 대놓고 하느냐, 하지 않느냐 정도일 것이다.

외곽에서 중심으로 향해가며, 이성민은 도시 자체에 어떠한 긴장이 도는 것을 느꼈다. 무기를 차고 흉흉한 기세를 내비치며 거리를 오가는 사람이 많았다.

이성민은 자신의 모습이 타인의 시선을 끌 수밖에 없음을 알았기에, 가면과 방갓을 벗고 민얼굴로 돌아다니고 있었다.

도시가 긴장하고 있는 이유는 알고 있다.

이성민 때문이다.

하라스에 들어오기 전에, 이성민은 에레브리사를 통해 이 도시에 대한 정보를 구입해 두었다.

최근의 이 도시에 어떠한 일들이 벌어지고 있는지 알아두기 위해서였다.

'무책임해.'

사마련주는 침묵하던 하라스에 폭탄을 던져버렸다. 그 폭탄이 바로 이성민이었다.

백 년 가까이 하라스를 떠나 은거하고 있던 마황 양일천이 자신의 후계자를 사마련으로 보냈다.

그것은 도시의 침묵을 깨기에 충분한 폭탄이었다. 동시에 사마련주가 부재중인 동안 권력을 누려오던 이들을 긴장하게 하기에도 충분했다.

사마련주가 부재중인 동안 사마련을 이끌어 온 것은 마도삼가에 속한 패가의 가주다.

혈군 패문후.

그는 사마련의 이인자로서, 사마련주가 없는 동안 이 도시를 자신의 것으로 삼았다.

하지만 아무리 패문후가 걸출한 고수이고, 패씨세가의 위세가 높다고 해도 그것은 어디까지나 사마련주가 부재중이기에 가능하고 유지되었던 권력이다.

그만큼 이 도시에서 사마련주 마황 양일천의 이름은 크고 높다.

[뭐, 대놓고 적대할 것이라고 생각은 안 한다만…… 분위기를 보아하니 환영받지는 않겠구나.]

허주가 낄낄 웃었다. 그의 말대로였다. 패문후를 비롯하여 사마련주가 없는 동안 누릴 것을 누리던 이들에게 있어서 사마련주의 후계자인 이성민은 절대로 환영받을 수가 없는 존재다.

이성민은 품 안에 넣어 둔 사마련주의 서찰을 만지작거렸다. 혈군을 만났을 때 펼쳐 읽어보라며 준 서찰이었다.

자신의 입장은 이해하고 있다. 여전히 내키지는 않았지만, 그렇다고 해서 사마련주의 말을 무시하거나 피할 생각은 없었다.

애초에 사마련주는 이성민에게 많은 것을 요구하지는 않았다.

사마련의 후계자가 된다고 하여 사마련 내의 정치적인 문제에 휘말릴 필요도 없고, 사마련주는 만약 그렇게 된다면 무시해도 상관없다고 미리 약속을 해두었다.

그러나 그냥 그런 것이 아님을, 이성민은 잘 알고 있었다.

'나라는 존재가 세상에 알려지는 것이니까.'

그것은 침묵하고 있던 사마련주가 건재함을 알림과 동시에 무림맹에게 하는 일종의 선전포고이기도 하다.

무림맹이 마인의 낙인을 찍은 귀창이 사마련주의 제자가 된 것이 알려지는 것이니까.

어쩌면 긴 시간 충돌이 없던 무림맹과 사마련 사이의 도화선에 다시 불이 붙게 될지도 모른다.

그것도 나쁘지 않다고. 이성민은 내심 생각하고 있었다.

무림맹의 뒤에는 천외천이 있다. 무림맹과 충돌이 발생한다면 맹주인 흑룡협이 움직일 것이고, 그것은 천외천이 움직인다는 것과도 같다.

이성민은 검존과 권존을 죽여 천외천의 적이 되었다. 그들이 움직이는 것을 기다리는 것보다는, 사마련주의 도움을 받아 이쪽에서 먼저 움직임을 보이는 것이 나을 것이다.

그를 이해하고 있기에, 이성민은 머뭇거리지 않았다.

커다란 정문을 향해 이성민은 멈추지 않고 나아갔다.

가로막고 있는 문지기들이 이성민을 향해 뭐라고 말을 걸었으나, 이성민은 그들의 말에 답하지 않았다.

이성민이 걸을 때마다 위협적인 드래곤의 프레셔가 몸을 일으켰다. 문지기들은 얼굴이 하얗게 변하여 다리를 바들거리며 떨었다.

"누, 누구……."

정체를 묻는 질문도 무시한다.

문의 앞에서, 이성민은 흑뢰번천을 펼쳤다.

파직!

그의 몸이 닫힌 문을 뛰어넘고 사마련의 안으로 이동했다.

남궁세가 때와 다를 것은 없었다. 무인들이 모여들었고, 그들이 자의적인 행동을 하기 전에 이성민의 기세에 위압되어 몸이 굳어 버렸다.

"혈군은 있나?"

이성민은 주변을 둘러보며 물었다. 제압된 무사들은 머뭇거리기만 할 뿐 뭐라고 말을 하지는 못했다.

그 순간이었다. 새카만 무복을 입은 이들이 뛰어들었다. 그들은 멀찍이서 이성민을 둘러쌌지만, 적의를 보이지는 않았다.

"……련주의 후계자 되시는 분입니까?"

검은 무복을 입은 이들 중 가장 뛰어난 고수가 나서서 물었다.

이성민은 천천히 머리를 끄덕거렸다. 그 말에 남자들의 얼굴이 딱딱하게 굳었다. 그들은 머뭇거리다가 머리를 꾸벅 숙였다.

"이쪽으로 오시지요."

"그쪽에 누가 있나?"

"혈군 님이…… 계십니다."

남자가 대답했다. 그 대답에 이성민은 쓰게 웃었다. 지금의 이성민은 사마련주의 후계자로서 온 것이다.

그런데 정작 혈군이 나오지 않고, 이성민을 보고 오라고 하는 것이다. 그것을 안 이상 말없이 따라갈 수는 없는 노릇이다.

나중에 휘둘리지 않기 위해서는 처음부터 위아래를 확실하게 잡아둬야만 한다.

"혈군이 나를 불렀고 내가 그쪽으로 가야 한다는 말이로군."

감정을 싣지 않고 내뱉은 말은 그렇기에 싸늘하게 들렸다.

남자가 급히 뭐라고 말을 하려 하였으나, 이성민은 머리를 가로저으며 그의 말을 무시했다.

이성민은 창을 꺼내지 않고 손을 들어 올렸다.

파직!

자색의 전류가 튀며 이성민의 손이 빛으로 물들었다. 색이 다르기는 했지만, 이성민이 보인 것은 사마련주의 흑뢰번천이었다. 그를 본 남자의 입이 쩍 벌어졌다.

"그, 그건…… 련주님의……!"

"흑뢰번천."

이성민이 중얼거리며 답했다. 활짝 펼친 손이 남자에게 향한다.

쏘아내지는 않았으나, 남자는 본능적으로 알았다. 이곳에 나와 있는 무사 중에서 저 장법을 맞아 버틸 수 있는 이가 없을 것임을.

이성민은 눈을 가늘게 뜨고서 남자에게 말했다.

"너희 모두를 죽이는 것은 어려운 일은 아니다."

"련주님의 후계자이면서…… 저희를 죽이겠다 협박하시는 겁니까?"

"너희의 목숨을 어찌할지는 스승님께 듣지 못했다. 내가 들은 것은, 이곳으로 와 내 존재에 대해 너희의 인정을 받으라는 말뿐이었지."

사실이었다.

"스승님이 무슨 뜻으로 그런 말을 하신 것인지는 알 수 없지만, 나로서는 내 힘을 보여주는 편이 가장 빠르다고 생각되는군. 그리고 마음에 들지도 않아. 나는 사마련주의 후계자다. 그런 내가 스승님도 아닌 혈군의 부름에 내 발로 찾아가야 하는가?"

"그, 그건……."

"혈군에게 전해라."

이성민의 목소리에 힘이 실렸다.

"지금 당장 나오지 않는다면, 가장 먼저 패씨세가를 몰살시키겠다고."

오만하기 짝이 없는 말이었다. 하지만 이성민이 내비치는 위압감은 모두에게 하여금 그 말이 거짓이나 허세가 아님을 알게 하였다.

그리고.

과격하게 말하기는 했지만, 이성민은 진심으로 한 말이었다. 기왕 이렇게 찾아온 것 확실하게 상하관계를 알려줘야만 한다.

"알겠습……."

"과연."

남자가 대답한 순간이었다.

굵직한 목소리가 장내에 울려 퍼졌다. 이성민은 목소리가 난 방향을 힐긋 보았다.

큰 체격의 사내가 성큼성큼 이쪽으로 다가오고 있었다.

직접 본 적은 없었지만, 이성민은 저 남자가 사마련의 이인자인 혈군 패문후라는 것을 알았다.

"련주님의 흑뢰번천…… 보는 것만으로도 몸이 떨리는구려."

패문후는 멀찍이서 걸음을 멈추었다. 그의 뒤에는 실력 있어 보이는 고수들이 무장하고 서 있었다.

모두가 같은 문양을 하고 있는 것을 보니, 패문후가 데리고 온 패씨세가의 고수들인 것 같았다.

"련주님에게 듣기는 하였지만, 자세한 것은 듣지 못하였소. 나는 패씨세가의 가주를 맡고 있는 패문후라고 하오만, 그대는 대체 누구요?"

"귀창 이성민."

이성민은 숨기지 않고 대답했다. 그 말에 패문후를 비롯한 사마련 무사들의 표정이 변했다.

"귀창이라면……."

"철갑신창을 죽이고, 제갈태령과 모용서진을 죽였다는 고수 아닌가?"

"귀창이 련주님의 후계자라고……?"

웅성거림이 퍼진다. 패문후도 이성민의 정체에 조금 당황하였으나, 금세 표정을 바꾸고서 다시 물었다.

"련주님은 직접 오지 않은 것이오?"

"그렇지."

"일단…… 뭔가 오해를 하고 있는 듯한데 나는 당신을 적대할 생각이 없소. 단지 련주님의 후계자가 어떤 인물인지 궁금하여……."

"그래서 무장한 병력을 뒤에 끌고 왔나?"

이성민이 이죽거리며 물었다. 그 말에 패문후는 입술을 다물었다. 짧은 침묵이 지나고, 그는 눈썹을 찡그리며 다시 말했다.

"워낙에 갑작스러운 일 아니오?"

패문후가 노골적으로 불쾌함을 내비치며 투덜거렸고, 이성민은 품 안에 손을 집어넣었다.

그가 꺼낸 것은 사마련주가 패문후를 만났을 때 꺼내 읽어

보라며 주었던 서찰이었다.

"그건 뭐요?"

패문후가 물었으나, 이성민은 대답해 주지 않았다.

그는 서찰을 펼쳐 읽었다. 사실 읽을 것도 없었다. 서찰에 적힌 것은 단 하나의 문장이었기 때문이다.

이성민은 눈썹을 찡그렸고, 허주는 그의 머릿속에서 낄낄거리며 웃음을 터뜨렸다.

[미친놈이군!]

사마련주에게 한 말이었다. 이성민도 어느 정도는 허주의 말에 공감할 수밖에 없었다.

이성민은 서찰을 다시 접은 뒤에 패문후를 향해 던져 주었다. 얇은 종이가 매섭게 날아오자 패문후는 급히 손을 들어 서찰을 받았다.

"이건 대체……?"

"읽어라."

이성민이 말했다. 패문후는 짜증스런 얼굴로 서찰을 활짝 펼쳤다. 그 정중앙에 쓰인 문장에 패문후의 눈이 크게 떠졌다.

많은 놈이 보는 앞에서 패문후를 때려죽여라.

적힌 것은 그것이 전부였다. 그래야 하는 이유에 대해서도 적혀 있지 않았다. 패문후는 입을 반쯤 벌리고 이성민을 보았다.

[때려죽이라는 말을 보면, 창을 쓰지 말라는 것이겠지?]

'그렇겠지.'

패문후의 얼빠진 시선을 받으며, 이성민은 손을 쥐었다 폈다.

패문후는 들고 있던 서찰을 내려놓으며 이성민을 보았다.

주먹을 쥐었다 펴던 이성민과 패문후의 시선이 마주쳤다.

서찰의 내용에 대해 이야기를 나누지는 않았으나, 패문후는 이성민의 태도에서 서찰의 내용대로 행동할 것임을 느낄 수 있었다.

"……이게 대체 무슨 장난질이오?"

"나야 내 괴짜 같은 스승님이 대체 무슨 의도로 서찰에 저런 글을 적은 것인지 알 방도가 없지."

이성민은 투덜거리면서 성큼 걸었다. 그것에 패문후는 움찔 눈썹을 떨면서 손을 들어 올렸다.

그러자 패문후와 함께 온 패씨세가의 무사들이 앞으로 걸어 나왔다.

"련주님은 언제나 짓궂으셨지. 이것도 단순한 농담질이라 생각하오만……."

"아니."

이성민은 머리를 가로저었다.

"농담이라고는 생각하지 않아. 때려죽이라고 하셨으니…… 때려죽여야지. 이유는 모르겠지만."

"진심으로 하는 말이오?"

이성민의 중얼거림에 패문후가 헛웃음을 흘렸다. 사마련주 본인이 온 것도 아니다.

귀창 이성민의 악명은 제법 높았으나, 그가 이름을 날린 시기를 생각해 보건대 그의 나이는 이제 고작해야 이십 대 중후반 정도일 뿐.

물론 나이와 가진 실력이 반드시 비례하는 것은 아니겠지만, 패문후는 이성민을 얕잡아 보고 있었다.

그것은 패문후가 사마련의 이인자로 군림해 오며 생긴 당연한 오만함이었다.

"아무리 련주님의 무공이 천하제일이라고 하지만, 련주님이 직접 오신 것도 아닌……."

패문후의 이죽거림이 뚝 끊어졌다.

파직하는 소리.

이성민은 흑뢰번천으로 공간을 뛰어넘었고, 패문후의 앞에 섰다.

패문후는 단숨에 자신의 앞까지 다가온 이성민을 보고 눈을 동그랗게 떴다.

그 말도 안 되는 속도에 대한 경악은 그가 느낀 혼란보다 늦었다. 그리고 느낀 혼란은 패문후의 행동을 굳게 만들었다.

콰직.

휘둘러 친 주먹이 패문후의 머리를 옆으로 돌아가게 만들었다. 얻어맞은 얼굴이 일그러지고 패문후의 입안에서 부러진 앞니와 피가 튀었다.

콰당탕!

날아간 패문후의 몸이 땅을 뒹굴었다. 그 역시 초절정의 끝에 선 고수였으나, 초월지경의 심득이 담긴 흑뢰번천 질풍신뢰의 속도에는 전혀 대응할 수가 없었다.

"가, 가주님?!"

패씨세가의 무사들이 비명을 질렀다. 이성민은 그들을 무시하고 나뒹군 패문후를 향해 질풍신뢰로 다가갔다.

대뜸 얼굴을 얻어맞은 패문후는 정신을 차리지 못하고 있었다. 호신강기를 끌어올릴 틈도 없이 행해진 공격이었다.

사실 호신강기를 끌어냈어도 소용이 없었을 것이다. 이성민은 아픈 신음을 흘리는 패문후의 몸을 걷어찼다.

뻐억!

가죽 공을 걷어차는 것 같은 소리가 나며 패문후의 몸이 들썩거렸다.

모두가 보는 앞에서 때려죽여라.

이성민은 서찰의 내용을 그대로 이행했다.

그는 무표정한 얼굴로 패문후의 몸을 자근자근 짓밟았다. 바닥에 널브러진 패문후가 비명을 지르며 몸을 비틀고, 급히 내공을 끌어올리며 저항했으나.

그가 만들어낸 호신강기는 무성의한 발길질에서 몸을 보호하지 못했다.

"멈추십시오!"

패씨세가의 무사들이 달려든다. 하지만 그들은 이성민에게 무기를 휘두르지 못했다.

이성민이 흘려낸 드래곤의 프레셔가 그들의 몸을 우뚝 멈추게 만들었다.

패씨세가 무사들이 움직이지 못하는 것을 확인하고서, 이성민은 다시 발을 들어 패문후의 몸을 짓밟았다.

패씨세가의 무사들을 제외한 사마련의 무사들은 그 폭력을 넋이 나간 얼굴로 보았다.

인지에 부조화가 생긴다. 동네 똥개마냥 짓밟히고 있는 것은 사마련의 이인자인 혈군 패문후다.

마도삼가 중 가장 위세가 높고, 사마련주가 모습을 감춘 동안 이 도시와 사마련의 정점에 군림해 온 거인이었다.

그런 거인이 밟혀 죽어가고 있었다.

이 정도면 되었겠지. 처음에 얼굴을 때렸을 때, 그 일격으로 죽일 수 있었으나 어느 정도 손속에 사정을 두어 살살 때렸다.
사실 이성민도 오만하게 굴던 패문후의 태도가 마음에 들지 않았기 때문이었다.
"그, 그만……."
퉁퉁 부어서 피를 철철 흘리던 패문후가 간절한 목소리로 말했다.
이성민은 머리를 끄덕거리며 발을 들었다.
콰앙!
내리찍은 발이 땅을 진동시킨다. 머리가 박살 난 패문후는 비명도 지르지 못하고 축 늘어졌다.
"가, 가주님……."
패씨세가 무사들이 하얗게 질린 얼굴로 중얼거렸다. 그들 중 그 누구도, 오늘 이 자리에서, 패씨세가의 가주인 혈군 패문후가 저런 식으로 죽을 것이라고 상상도 하지 못했기 때문이었다.
동시에 그들은 경악할 수밖에 없었다. 이 세상에서 혈군 패문후를 저렇게 쉽게 때려죽일 만한 인물이 몇이나 될 것인가?
"미친개는 때려죽여야지."
이성민이 말을 하기도 전이었다. 멀지 않은 곳에서 웃음 섞인 목소리가 들려왔다. 이성민은 그 목소리를 알고 있었다.
"……숲에 계시는 것 아니었습니까?"

이성민은 머리를 돌려 가까운 건물의 지붕 위를 보았다.

뒷짐을 지고 서 있던 사마련주는 올려다보는 시선에 가면 너머로 웃었다.

파직.

검은 전류에 휘감긴 사마련주가 이성민의 곁에 나타났다. 그는 바닥에 널브러져 죽어 있는 패문후를 힐긋 내려 보면서 말했다.

"본보기다."

사마련주가 말했다. 그 말에 모여 있던 무사들의 어깨가 움찔 떨렸다. 이성민은 곁에 선 사마련주를 물끄러미 보았다.

분신이 아니다. 이곳에 있는 것은, 분신이 아닌 진짜 사마련주다.

떠나기 전에도 질문했었지만, 사마련주는 숲을 떠날 생각이 없다고 하였었다. 그런 사마련주가 왜 숲을 떠나 이곳에 온 것일까.

"혈군 패문후는 무림맹과 작당하고 있었다."

사마련주가 주변을 둘러보며 말했다.

"본좌가 없는 동안 사마련에서 꽤 많은 것을 뽑아 먹었을 텐데. 그것으로도 영 성에 차지 않았던 모양이야."

"그런…… 말도 안 되는. 가주님이 무림맹과……?"

"본좌가 거짓말을 할 이유가 있나?"

사마련주가 피식 웃으며 물었다. 그 말에 패씨세가 무사들의 말문이 막혔다.

다른 사람도 아닌 사마련주, 마황 양일천이 하는 말이다. 비록 저들이 패씨세가의 무사들이라고는 하여도, 사파 무인들에게 있어서 마황 양일천은 신처럼 숭배되는 대상이었다.

[오슬라가 말하더군.]

그래서 때려죽이라고 했나? 나름대로 이유가 있었다는 것에 이성민이 내심 납득하고 있을 때, 사마련주의 전음이 들려왔다.

[본좌가 더 이상 이 숲에 있을 필요가 없게 되었다고 말이다.]

[그래서 숲을 나오신 겁니까?]

[나가기 싫었지만, 사마련으로 돌아가 있으라는 말에 알겠다고 답할 수밖에 없었지. 본좌는 그녀의 말을 존중하니까.]

[결국 쫓겨난 것 아닙니까?]

[이유가 없어서인 것도 아니고, 이유가 있어서 나가달라는 부탁을 들었을 뿐이다.]

[억지로 남으려 했어도 쫓겨났겠지요?]

[오랜만에 볼기짝을 맞고 싶은 것이냐?]

이성민이 말꼬리를 잡으며 이죽거리자, 사마련주가 가면 너머로 눈을 흘기며 쏘아붙였다. 그래도 다른 사람들이 보고 있기 때문인지 대뜸 볼기짝을 때리려 들지는 않았다.

"돌아온 것은 오랜만이로군."

사마련주는 주변을 둘러 보며 중얼거렸다. 그렇게 말은 하였지만 반갑다는 기색은 조금도 느껴지지 않았다.

"따라와라."

사마련주가 빙글 몸을 돌리며 말했다. 오고 싶지 않은데 억지로 왔다는 것이 그의 말투와 태도에서 노골적으로 드러나고 있었다.

이성민은 사마련주가 원래부터 그런 인물이라는 것을 알았기 때문에 별 반응을 보이지 않았지만, 모여 있는 사마련의 무사들은 황당하다는 표정을 지을 수밖에 없었다.

"너무 매정하신 것 아닙니까?"

"뭔 상관이냐."

이성민은 앞장서서 걷는 사마련주의 뒤를 따르며 물었고, 사마련주는 시큰둥한 어조로 답했다.

"애초에 나는 사마련이라는 단체에 별 미련이 없다. 예전에야 사마련에 제법 애착을 가지고 있기는 했다만, 지금은 아니야."

"그러면 련주의 자리에서 물러서면 되는 것 아닙니까?"

"미련이 없다고는 해도 련주를 맡은 이상 어느 정도의 책임은 져야 하지 않겠느냐. 본좌가 사마련주의 자리에서 물러서게 된다면, 사마련은 무림맹에게 짓밟히게 된다."

"그런 것도 신경 쓰십니까?"

"너는 본좌를 냉혈한으로 보는 모양이로군. 당연히 신경은 쓴다."

사마련주가 투덜거렸다. 실제로 그는 요정의 숲에서 은거하는 중에도 오슬라의 도움을 받아 사마련의 각 지부장들의 머릿속에 단말을 심고, 자신의 뜻을 주기적으로 전하며 사마련을 다스리고 있었다.

[별 미련이 없다고 말하지만, 마냥 그런 것은 아닌 모양이로군. 꽤 솔직하지 않은 놈이야.]

허주가 피식 웃으며 말했다. 이성민도 그 말에는 공감했다. 정말 미련이 없었다면 단말을 심거나 하는 귀찮은 짓을 할 리가 없고, 무림맹과 작당하였다는 패문후를 죽일 리도 없잖은가.

"요정의 여왕이 왜 갑자기 스승님을 내보낸 겁니까?"

"때가 되었다더군."

사마련주가 중얼거렸다. 그는 힐긋 시선을 돌려 이성민을 보았다.

"그녀가 말한 때가 무엇인지는 정확히 모르겠다만. 오슬라는…… 본좌에게 약속을 이행할 때가 가까워졌다고 말했다."

"……그래서 스승님을 숲에서 내보낸 겁니까?"

"그래."

사마련주가 닫힌 문을 열었다. 널찍한 그의 집무실은 오랫

동안 쓰는 사람이 없었을 텐데 조금의 먼지도 쌓이지 않아 깔끔했다.

그는 바닥에 털썩 앉고서 이성민을 올려 보았다.

“뭐, 나쁜 일은 아니다. 숲을 떠나게 되는 것은 그리 마음에 들지 않았다만, 사마련에 돌아온 덕에 더욱 일이 편해진 것도 사실이니.”

“무슨 말입니까?”

“너는 패군을 두들겨 팸으로써 자신의 무위를 증명했고, 소문의 귀창이 본좌의 후계자가 되었음이 널리 퍼지게 될 것이다. 천외천과 무림맹도 확실하게 행동을 보이기 시작하겠지.”

사마련주는 그렇게 중얼거리면서 얼굴에 쓰고 있는 가면을 손으로 어루만졌다.

“놈들이 어떤 행동을 보일지는 모르는 일이다만, 천외천도 가만히 있지는 않을 게다. 본좌도 그렇지만, 너 역시 그들에게 있어서는 영 마음에 들지 않는 대상일 테니까.”

“그렇겠지요.”

“당분간은 사마련에서 지내도록 해라. 놈들이 어떤 움직임을 보일지 봐야겠으니까.”

“언제까지 이곳에 있어야 하는 겁니까?”

“명령하는 것은 아니다.”

사마련주가 심드렁한 어조로 말했다.

"어떤 행동을 할지는 네 자유지. 본좌는 네 자유를 구속할 생각은 없다. 너는 본좌의 후계자가 되면서 본좌를 배경으로 두게 되었다. 하지만, 아무리 그렇다고 해도 사마련을 나선다면 아무래도 위험에 노출될 가능성이 높아지지."

이성민은 머리를 끄덕거렸다. 당장 급하게 해야 할 일이 있는 것도 아니다.

위지호연도 볼일이 끝난다면 사마련으로 찾아오겠다고 말을 하였으니, 그때가 될 때까지 사마련에 남아 있는 것에 불만은 없다.

언젠가 드워프의 마을에 가봐야 하기는 하겠지만 당장 가야 할 정도로 급한 것은 아니다.

위지호연이 돌아오는 것은 기약이 없는 일이었으나, 이성민은 조급해하지 않고서 기다리기로 마음먹었다.

사마련의 본산에 왔다고는 해도, 이성민의 일상은 변하지 않았다. 가끔 사마련주가 찾아와 무공을 점검했고, 머릿속에서 허주가 떠드는 소리를 듣는다.

사마련 내에서 그 둘을 제외하고 이성민을 찾아와 말을 거는 이들은 없었다.

이성민은 바깥의 소문에 귀를 기울였다. 사마련주가 말했고, 이성민이 생각했던 대로였다.

귀창 이성민이 사마련주의 후계자가 되었다는 것은 빠르게 세상에 퍼져나가고 있었다.

몇십 년 동안 직접적으로 모습을 보이지 않았던 사마련주가 다시 사마련에 돌아왔다는 것 역시 소문을 크게 만들기에 충분했다.

그 소문의 끝에서.

다른 소문이 천천히 머리를 들어 올리고 있었다.

북쪽의 마왕.

'김종현.'

그가 마각을 드러냈다.

2장
북쪽으로

마법사 길드.

그들은 마탑으로 대표되지만, 마탑이 마법사 길드의 전부는 아니다.

에리아를 살아가는 마법사 대부분은 마법사 길드에 등록되어 있다.

길드에 등록되어 얻는 이점이 많기 때문이다. 마법사 길드의 마탑은 그런 마법사들이 모인 연구 단체에 지나지 않는다. 마탑에 소속되지 않은 마법사들도 많다.

그중에서 '전투'를 전문으로 삼는 마법사들이 있다. 길드에 소속된 전투 마법사들은 마탑이 아닌, 다른 곳에 소속되어 있다.

마법병단이 그들이다. 그들은 마탑과는 다르게 실용적이고 전투적인 마법에 몰두하는 이들이며, 마법사 길드에서 발생하는 문제를 가장 먼저 처리하기 위해 움직인다.

북쪽 도시 헤도르. 최북단의 트라비아와는 제법 멀리 떨어져 있기는 하지만, 헤도르 역시 북쪽의 서늘한 추위와 직면한 곳이다.

현재 헤도르에는 마법사 길드의 마탑주들을 비롯해서, 마법병단이 직접 와 있었다.

올바르지 않은 길을 걸은 마법사를 처단하기 위해서였다.

"김종현."

금색 마탑주, 로이드가 입을 열었다. 그는 싸늘한 눈으로 자리에 앉은 마법사들을 훑어보았다.

네 명의 마법사가 로이드의 앞에 앉아 있었다.

"흑색 마탑주인 그가 금기를 범했다는 것은…… 그리 놀랄 것도 아닌 일이로군."

"흑색 마탑주의 전통과도 같은 일이지."

풍성한 수염을 가진 노인이 끌끌거리며 웃었다. 녹색 마탑주였다.

"그, 왜. 전전대 마탑주였던 프레스칸 말일세. 그도 결국 금기를 범하여 추방되지 않았나? 그때 죽이지 못했던 것이 아쉬운 일이지만 말일세."

"그 이야기는 하지 맙시다."

로이드가 불편한 기색을 내비쳤다. 로이드는 프레스칸이 추방되었을 때부터, 프레스칸의 척살령을 받고 긴 세월 프레스칸을 추적해 왔다.

그리고 몇 년 전에는 프레스칸의 던전을 발견, 죽이기 위해 습격했으나 실패해 버렸다.

"자네를 탓하는 것은 아닐세. 다만, 흑색 마탑주가 금기에 빠지는 것은 이례적인 일이 아니라는 말이지. 마왕과 직접 연결된 이상 혼은 타락하기 마련이야."

"김종현의 타락은 프레스칸 때와는 경우가 다릅니다."

로이드가 한숨을 내쉬며 말했다.

"김종현은 그리모어를 가지고 있습니다."

"그래서 우리가 이곳에 모인 것 아니겠나."

녹색 마탑주가 누런 이를 드러내며 웃었다. 흑색 마탑은 다른 마탑들과는 여러 가지로 다르다.

그곳에 소속된 것은 모두가 흑마법사들이고, 그들은 다른 마탑과 교류하지 않는다.

그렇다고 해서 마법사 길드가 흑색 마탑에 신경 쓰지 않는 것은 아니다. 오히려 마법사 길드에서 가장 많은 감시와 통제를 받는 것이 흑색 마탑이다.

"김종현이 그리모어를 가지고 있는 것은…… 확실한 겁니까?"

질문한 것은 백색 마탑주였다.

"확실하네."

로이드가 머리를 끄덕거렸다.

그리모어.

모든 흑마법사가 꿈꾸고, 손에 넣기를 갈망하는 마도서다.

"왜 그리모어가 김종현에게 인도된 것입니까? 분명 그 주인은 아르베스였을 텐데……."

"아르베스가 김종현에게 그리모어를 주었을 것 같지는 않아."

녹색 마탑주가 수염을 어루만지며 중얼거렸다.

"하지만 그리에스에 확실하게 적혔네. 그리모어의 주인이 김종현으로 바뀌었다고."

본래 그리모어는 마법사 길드가 소유하고 있던 것이었다. 그리에스는 그리모어와 쌍둥이인 마법서로, 마법사 길드는 오래전부터 그리에스와 그리모어를 해석하는 작업에 몰두하고 있었다.

그 두 권의 마도서는 길드 전체의 소유로 그 누구도 둘 중 하나를 소유하거나 마도서에 적힌 마법을 익혀서는 아니 되었다.

과거, 마법사 길드에 소속되어 있던 아르베스는 리치가 된 후에 그리모어를 가지고 모습을 감추었다.

그러자 그리모어의 쌍둥이인 그리에스의 첫 장에 쓰여 있지 않은 글자가 새겨져 있었다.

아무것도 적혀 있지 않던 페이지에, '아르베스'라는 이름이 새겨진 것이다.

"아르베스는 그리모어를 가지고서 프레데터에 소속되었지만, 아르베스는 그리모어로 무언가 사악한 일을 벌이지는 않았어. 그 대단한 아르베스도 그리모어의 마법을 제대로 펼칠 수 없었던 것이겠지."

"어쩌면 김종현도 그리모어의 주인이 되기는 했지만, 그리모어의 마법을 제대로 사용하지 못할지도 몰라."

로이드가 중얼거렸다.

"하지만 그게 중요한 것이 아닐세. 흑색 마탑주인 김종현이 그리모어를 손에 넣었다는 것 자체가 중요한 것이야."

모든 흑색 마탑의 마법사들과 마찬가지로, 김종현 역시 마법사 길드의 감시와 추격을 당하고 있었다.

김종현에게 새겨 놓은 위치 추적 마법은 김종현의 위치를 확실히 전해주고 있었다.

현재 김종현이 마법사 길드의 표적이 되었다고는 하지만, 그 이전까지만 해도 김종현은 길드 내에서 크게 문제를 일으키지는 않았다.

자리를 비울 때에는 착실하게 길드에 보고를 해두었고, 주기적으로 길드에 자신의 연구 과제에 대한 보고서를 올리기도 했었다.

그렇다고 해서 마법사 길드가 김종현을 완전히 신임하고 있는 것은 아니었다.

아르베스가 길드를 배신하고 리치가 되어 프레데터에 투신한 후로부터, 마법사 길드는 흑마법사를 신뢰하지 않았다.

이유 있는 불신이다. 실제로 전전대 흑색 마탑주를 맡았던 프레스칸은 리치가 됨으로써 마법사 길드를 배신했었으니까.

"아직 추적 마법은 기능하고 있네. 아마…… 함정이겠지."

김종현도 자신이 추적당하고 있다는 사실은 알고 있다.

그 역시 마법사 길드에 소속된 흑마법사였으니, 그리모어를 소유하게 된다면 마법사 길드에서 보관하고 있는 그리에스에 자신의 이름이 새로 적히게 된다는 것도 알고 있었을 것이다.

하지만 추적마법은 아직 사라지지 않았다. 마치 이곳에 찾아오라고 유혹하는 것처럼.

"머지않아 마법병단의 병력이 도착할 겁니다."

입을 연 것은 여태 침묵하고 있던 마법사였다. 그는 마법병단에 소속된 마법사로서, 마법병단이 도착하기 전까지는 마법병단의 대표 역할을 수행하고 있었다.

"이건 기회라고 보는 것이 나을 것 같습니다. 아르베스가 그리모어를 훔쳤을 때야, 아르베스보다 뛰어난 마법사가 없었지만…… 지금은 아니잖습니까? 마법병단이 모두 도착한다면 김종현을 죽이고 그리모어를 다시 빼앗을 수 있을 겁니다."

"어쩌면 아르베스가 김종현과 함께 있을지도 모르지."

"아르베스가 위대한 마법사라고 불렸던 것도 오래전의 일입니다. 그 후로 수백 년이 지났고 길드 마법사들의 수준은 굉장히 높아졌습니다."

젊군.

녹색 마탑주와 로이드는 힘을 주어 외치는 젊은 마법사를 보면서 생각했다.

말처럼 쉬운 일이 아니다. 아무리 길드의 전력이 강해졌다지만, 수백 년 동안 마법을 수행해 온 아르베스는 무시할 상대가 아니다.

물론 이곳에 있는 이들은 아르베스가 김종현에 의해 모든 마법을 빼앗겼다는 사실을 알지 못하고 있었다.

"나는 목숨을 걸고 싶지는 않아요."

적색 마탑주가 입을 열었다. 스칼렛은 짜증스런 얼굴을 하고서 다리를 꼬고 있었다.

"애초에 나는 이곳에 오고 싶지도 않았고요. 금색 마탑주님이 억지로 끌고 온 턱에 끌려온 것이지."

왜 하필 금색 마탑 바로 곁에 적색 마탑이 있던 걸까. 스칼렛이 투덜거렸다.

"애초에 우리 말고 다른 마탑주들은 오지도 않았잖아요?

뭐, 혹시 모를 위험이 걱정되었던 것이겠지만. 나도 똑같아요. 끌려와서 가기는 해야겠지만, 만약 목숨이 위험하다면. 나는 망설임 없이 도망칠 거예요."

그에 대한 보험도 일단은 들어 두었다. 스칼렛은 이성민과 백소고를 떠올렸다.

그들이 차고 있는 팔찌를 통해 알려두기는 했다만…… 과연 그들이 시간에 맞춰 와줄까?

스칼렛은 그런 생각에는 조금 회의적이었다. 에리아는 넓다. 만약 그들이 데븐과 멀리 떨어진 곳에 있다면, 시간을 맞추는 것은 힘들 것이다.

"도망친다니! 당신이 그러고도 적색 마탑……."

"이봐, 꼬마 마법사님. 미안한데, 나는 마탑주라는 칭호보다는 나 자신이 더 중요하거든요. 그리고 우리가 뭐 동료인가요? 애초에 길드는 목적 맞는 이들끼리 모여서 이익을 취하는 것이 전부잖아요. 왜 나한테 길드를 위해 죽을 것을 강요하는 건가요?"

스칼렛이 신랄한 어조로 쏘아붙였다. 그 말에 젊은 마법사의 말문이 막혔다.

"너무 그렇게 말하지는 말게. 싫다는 자네를 억지로 데려온 것은 나도 미안하게 생각하니까 말이야."

"지랄하지 마시죠. 미안하기는 개뿔이……."

"……크흠. 자네한테 목숨을 걸라고 강요하는 것은 아니야. 위험한 상황이 된다면……."

"됐어요. 나 알아서 살기 위해 움직일 테니까. 김종현 개새끼, 왜 지랄을 해서 날 오게 만든 거야?"

스칼렛은 투덜거리는 소리를 내면서 손목에 찬 팔찌를 내려보았다.

몇 년 전에 했던 약속이다. 만약 자신이 위험한 상황에 처했을 때, 도와주러 와달라고.

스칼렛은 므쉬의 산에서 함께 수행했던 백소고와 이성민에게 그것을 약속받았고, 그들에게 자신과 똑같은 팔찌를 건네주었다.

스칼렛이 신호를 보낸다면 그들이 세상 어디에 있든 간에 스칼렛의 위치를 파악하고 도움을 주러 올 수 있을 것이다.

'하지만 세상은 넓어.'

스칼렛은 아랫입술을 잘근 씹었다. 백소고는 어디에 있는지도 모른다. 하지만 이성민의 위치는 알고 있다.

하라스…… 이곳에서 한참이나 떨어져 있는 곳이다. 지금 당장 출발한다고 해도 헤도르까지 오려면 몇 달이나 걸릴 것이다.

"음."

로이드의 눈썹이 움찔 떨렸다. 그는 귓가를 손끝으로 꾹 눌렸다. 귓가에 들리는 통신 마법의 목소리에 귀를 기울이던 로이드가 안도한 표정을 지으며 말했다.

"무림맹 쪽에서도 인원을 보내주시겠다는군. 마침 모용세가가 이곳에서 멀지 않은 곳에 있으니, 모용세가의 무사들과 무림맹의 지원 병력이 도착한다는 모양이오."

"낄낄! 흑마법사 하나 잡는 것에 마법병단에 마탑주, 그리고 무림맹의 무인들까지? 이 정도 병력이라면 드래곤이라도 잡을 수 있겠구먼."

녹색 마탑주가 웃으며 말했다.

농담처럼 하는 말이기는 했지만, 정말로 드래곤을 잡을 수 있는가 없는가는 둘째 치고서라도 흑마법사 하나를 상대하는 것치고는 많은 병력이라는 것은 틀림없는 사실이었다.

"북쪽의 마왕. 그렇게 불리던데."

백색 마탑주가 중얼거렸다.

"그럴 만도 하지. 놈이 일주일 사이에 죽인 사람의 수가 몇인 줄 아나? 마을 일곱 개가 놈의 손에 몰살당했어."

녹색 마탑주가 히죽 웃었다.

"그들의 죽음이 그리모어의 마법에 관련된 것인지는 알 수 없지만. 김종현…… 놈이 무슨 생각을 하고 있는 것인지는 몰라도 너무 과격해."

"게다가 이 근처는 뱀파이어 퀸의 영역입니다."

그 말에 시시덕거리던 녹색 마탑주조차도 웃음을 지웠다.

사실 그들에게 있어서는 일주일 사이에 일곱 개의 마을을 몰살시킨 김종현보다는, 수백 년 동안 살아온 괴물 중의 괴물인 뱀파이어 퀸이 더욱 두려운 존재였다.

"……뱀파이어 퀸은 트라비아에 있네."

"그렇겠지요. 하지만 북쪽 전체는 사실상 그녀의 영향력 안에 있다고 봐야 하지 않겠습니까. 김종현이 북쪽에서 학살을 벌였는데도 뱀파이어 퀸이 침묵하고 있다는 것은…… 뱀파이어 퀸과 김종현 사이에 무언가가 있다고 봐야 하겠지요."

"김종현이 프레데터에 들어갔단 말인가?"

"어쩌면 우리가 모르는 사이에 그가 리치가 된 것일지도 모릅니다."

김종현이 리치가 되었을지도 모른다는 가능성.

그것은 이곳에 모인 마법사들을 침묵하게 만들었다. 리치는 강력한 힘을 가진 언데드라는 이유도 있었지만, 그것이 전부는 아니었다.

리치가 된다는 것은 인외가 되었다는 것. 그것은 프레데터에 들어갈 조건이 충족되었다는 것이다.

"……뱀파이어 퀸이 개입한다면 어떻게 해야 할까?"

"도망가야지."

스칼렛이 생각할 것도 없다는 듯이 대답했다.

"뱀파이어 퀸 제니엘라는 수백 년 동안 살아온 괴물 중의 괴물이잖아요. 게다가 그녀의 휘하에는 강력한 흡혈귀들도 잔뜩 있고. 나는 죽고 싶은 마음은 없어요. 사실 지금 당장 이 웃기지도 않은 인간 사냥에서 손을 떼고 싶다고요."

"퀸은 개입하지 않을 겁니다."

백색 마탑주가 창백한 얼굴로 입을 열었다.

"프레데터라는 집단으로 묶여 있기는 하지만, 그들은 인외의 괴물입니다. 서로에게 의리 따위는 가지고 있지 않을 겁니다."

"그렇다고 적대하는 것도 아니겠지. 김종현이 퀸의 영역에서 벌인 학살에 대해 퀸이 묵인하였으니까."

"단순히 관심이 없는 것이겠지요."

백색 마탑주의 말을 들으면서 로이드는 관자놀이를 꾹 눌렀다. 조금의 침묵 끝에 로이드가 넌지시 말을 꺼냈다.

"자네는 교회와도 연결되어 있겠지? 혹시 모르는 일이니, 성기사단과 신관들에게 도움을 청할 수 있겠나?"

"예? 그건……."

"상대가 언데드일지도 모르는 일이니, 그들이 돕는다면 일이 더 수월해질지도 모르는 일 아닌가."

"알겠…… 습니다. 한 번 청을 넣어 보지요."

백색 마탑주가 확신 없는 표정을 지으며 머리를 끄덕거렸다.

병력이 불어나고 있다. 스칼렛은 한숨을 내쉬면서 손으로 턱을 괴었다.

'무림맹까지 온다면…… 도와달라고 할 수도 없잖아.'

스칼렛도 소문은 알고 있다. 백소고가 무림맹을 떠났다는 것도 알고, 이성민이 사마련주의 후계자가 되었다는 것도 안다.

백소고는 그렇다 치고 이성민에게 도움을 청할 수는 더더욱 없게 되었다.

사실 스칼렛은 이성민이 모용서진과 제갈태령을 죽였다는 이야기를 온전히 믿고 있지는 않았다.

만약 그랬다면 뭔가 사정이 있어서겠지. 하지만 사정이 있다고 하여도, 지원 병력으로 모용세가의 무사들이 오기로 한 이상 이성민을 더더욱 부를 수 없게 되었다.

'어쩔 수 없잖아.'

스칼렛은 한숨을 푹 내쉬면서 머리를 헝클었다. 자기 자신의 안위를 위해서 이성민을 위험하게 만들고 싶지는 않았기에, 스칼렛은 손목에 채워진 팔찌를 모르는 척했다.

북쪽에서 시작된 소문은 이성민이 관심을 가지기에 충분했다.

북쪽이라면 이성민도 가보았던 적이 있는 곳이다. 그곳에서 이성민은 '프레데터'라는 인외의 집단에 대해 처음으로 알게 되었고, 프레데터의 수장 중 하나인 뱀파이어 퀸 제니엘라와 직접 만나 본 적도 있었다.

라이칸슬로프 중에서도 손에 꼽히게 강한 괴물이라는 광랑 주원과도 만났던 적이 있다.

그뿐만 아니라 소문의 원인인 김종현과도 인연이 있다. 생각해 보면 김종현과는 참 여러 번 만났었다.

베헨게르에서 처음 만났고, 검귀를 죽이러 갈 때에 도움을 받았고, 북쪽 트라비아에서도 재회했었다.

이성민은 어르무리에서 아르베스를 도왔고, 끝내 그를 습격하여 아르베스의 모든 것을 빼앗은 흑마법사가 김종현이라는 것을 모르고 있었다.

그렇기 때문에 이성민은 김종현에게 딱히 악감정을 가지고 있지는 않았다.

김종현은 이성민에게 꽤나 호의적이었기 때문이다. 사실 어르무리에서도 김종현은 이성민을 충분히 위협할 수 있었고, 이성민을 죽일 수도 있었으나 죽이지 않았다.

덕분에 북쪽의 마왕에 대한 소문을 들었을 때, 이성민은 당황할 수밖에 없었다.

그가 아는 김종현은 친절하고 좋은 사람이었다. 그런 그가 일주일이라는 짧은 시간 동안 일곱 개의 마을을 몰살시켜 마왕이라 불리며 공포의 대상이 되었다고?

'마탑주들이 김종현을 토벌하기 위해 모였다.'

마법사 길드의 마법병단 뿐만이 아니라 금색 마탑, 녹색 마탑, 백색 마탑, 적색 마탑의 마탑주들도 모였다. 거기에 사제와 성기사들의 집단인 '교회'도 어느 정도 지원 세력을 보내겠다는 의사를 밝혔고, 무림맹에서도 모용세가의 무사들을 비롯한 무사들을 지원하였다.

흑마법사 하나를 잡기 위해 수백 명이 모인 것이다.

무언가를 토벌하기 위해 이 정도의 대규모 병력이 모이는 일은 흔하지 않다. 하물며 상대는 타락한 흑마법사 한 명뿐.

이성민은 왼쪽 손목에 채워진 팔찌를 어루만졌다.

스칼렛에게서 이 팔찌를 받고서, 딱히 팔찌를 의식했던 적은 없다. 그 후로 5년이 넘는 시간이 흘렀지만 단 한 번도 팔찌를 통해 스칼렛이 위험을 전했던 적은 없다.

그녀는 적색 마탑주에 올라 잘 지내왔다.

지금도 팔찌는 신호를 보내지 않고 있다.

그렇다고 해서 무시할 수는 없었다. 많은 병력이 모였다. 틀림없이 김종현은 토벌될 것이다.

그가 아무리 뛰어난 흑마법사라고 하여도, 그 하나를 잡기 위해 수백 명이 모였다. 모인 이들이 어중이떠중이인 것도 아니다.

전투 마법에 특화된 마법병단에 각자의 분야에서 정점에 가까운 마탑주들. 흑마법을 핍박하는 것에 최적화된 교회의 신관과 흑마법사들.

'내가 갈 필요는 없을 거야.'

정말 그럴까.

북쪽이라는 곳이 마음에 걸린다.

북쪽. 뱀파이어 퀸인 제니엘라와 광랑 주원이 있던 땅.

어쩌면 그들이 김종현과 손을 잡은 것이 아닐까? 소문을 듣자 하니 김종현은 자신을 잡기 위한 토벌대가 모이고 있음에도 도망치지 않고 있다고 했다.

설마 스스로 죽음을 바라는 것은 아닐 테고. 뭔가 노리는 것이 있고, 살아남을 자신이 있어서 도망치지 않는 것일 텐데.

[그래서, 갈 것이냐?]

허주가 묻는다. 이성민은 당장 대답하지 않았다. 마법사 길드만 모였다면 모를까. 무림맹이 끼어든 이상, 이성민은 스칼렛이 걱정된다 하여도 함부로 움직일 수가 없는 처지였다.

하물며 무림맹의 지원세력에는 모용세가도 껴있지 않나. 억울한 누명이라고 하여도 그것을 해명하지 못한 이상, 이성민은 모용세가에게 있어서 모용서진을 죽인 원수일 수밖에 없다.

"……혹시 모르는 일이야."

이성민은 마음을 잡았다. 스칼렛에게는 은혜를 입었다. 므쉬의 산에서 있었던 일은 둘째치고서라도, 아이네에게 처음 습격을 받았을 때 스칼렛의 도움이 없었더라면 그곳에서 죽었을지도 모르는 일이었다.

게다가 약속도 하지 않았나. 스칼렛이 위험한 상황에 처했을 때, 그녀를 도와주겠다고.

[나중에 후회하고 싶지 않은 모양이지?]

허주가 이죽거린다. 그 말에 이성민은 머리를 끄덕거렸다.

전생에서 이성민이 살았던 삶은 27살 때까지. 던전의 개방이 지난 이상, 지금부터 이 세상에서 벌어질 사건들에 대해 이성민은 아무것도 모른다. 그렇기에 신중할 수밖에 없었다.

김종현이 무슨 꿍꿍이인지도 모르고, 스칼렛이 혹시 죽을지도 모른다는 생각에 초조함과 걱정이 들었다.

"어디로 갈 셈이냐?"

우선, 사마련을 떠나는 것에 대해 허락을 구하기 위해 사마련주를 만났다. 집무실에서 편한 자세로 앉아 있던 사마련주는, 이성민이 잠시 떠나 있겠다는 말에 심드렁한 목소리로 되물었다.

"잠깐 북쪽에 다녀올 생각입니다."

"북쪽의 마왕이라는 놈 때문이냐?"

북쪽, 이라는 말에 사마련주는 곧바로 마왕에 대해 물었다. 그만큼 김종현의 일은 전국적으로 뜨거운 소문이었다.

"어떻게 아셨습니까?"

"최근 가장 유명한 놈이니까. 일곱 개의 마을을 몰살시키고, 보란 듯이 마을 입구에다가 시체들을 쌓아 놓았다지? 그냥 시체도 아니고 죄다 하나로 엮어서 말이야. 심장은 다 뽑아 놓았고. 그런 미친 짓을 벌였으니 마왕이라고 불릴 만도 하지."

사마련주가 피식 웃으며 말했다.

"왜, 그 북쪽의 마왕이라는 놈과 친분이라도 있느냐?"

"그건 아닙니다."

"그렇다면 놈에게 죽은 마을 사람 중에 지인이라도 있는 것이냐?"

"아닙니다."

"그렇다면 토벌대 중에서 지인이 있는 모양이로군."

"예."

이성민은 솔직하게 대답했다. 그 말에 사마련주가 웃는 목소리를 내며 말했다.

"본좌는 널 말릴 생각은 없다. 굳이 위험한 상황에 몸을 던지겠다는 것이 네가 한 선택이니 말이다. 그 마왕이라는 놈이 무슨 꿍꿍이인지는 모르겠지만 궁금하기도 하고. 일곱 개 마을을 몰살시키고 그런 잔혹한 짓까지 벌인 놈이야. 도대체 뭘 하려고 그런 짓을 벌이는 것인지 궁금하군."

사마련주는 그렇게 말하며 얼굴에 쓰고 있는 가면을 어루만졌다.

"숨길 생각이냐, 숨기지 않을 생각이냐?"

"좋은 꼴을 보지 않을 테니 숨길 생각입니다."

"가면으로 얼굴을 가리고서 숨겼다고 하려는 것은 아니겠지?"

"얼굴을 바꿀 방법은 있습니다."

"뭐, 불필요하고 귀찮은 다툼을 피하고 싶다면 그렇게 하도록 해라. 하지만 이것은 명심해 둬라. 네가 그곳에 가고, 무림맹에 정체가 드러나게 된다면…… 후후! 상황이 굉장히 재밌어질 거야."

가면 너머로 사마련주의 두 눈이 빙글 휘어졌다.

"모용세가주로서는 딸의 원수를 본 것이고. 무림맹으로서는 이 마황 양일천의 후계자가 아무런 뒷배 없이 나타난 격이니까 말이야. 죽이든가, 포로로 잡든가…… 후후! 어느 쪽이든 너에게는 재미가 없겠구나."

"제가 폐를 끼치는 것이라 생각하지는 않으십니까?"

"사마련 전체를 본다면 그럴지도 모르겠지만, 그런 이유로 네 행동의 자유를 구속할 생각은 없다."

사마련주가 말했다.

"네가 죽는다면 본좌는 네 복수를 빌미로 하여 무림맹을 짓밟으면 된다. 네가 포로로 잡힌다면 너를 구하겠다고 무림맹을 짓밟으면 되고. 흑룡협을 처죽이면 천외천도 움직이겠지."

"제가 저를 공격하는 무림맹과 싸운다면?"

"검선이나 천외천의 창왕, 월후 혹은 무신 본인이 오지 않는 한 네가 죽을 일은 없을 것이라 본다만 만약 그렇게 된다면, 무림맹에서도 가만히 있지는 않을 테니 사마련과 서로 싸우게 되겠지."

그에 대해 말하는 사마련주의 목소리는 평온했다.

무림맹과 사마련이 전면 충돌할지도 모르는 일임에도 사마련주는 그를 걱정하지 않는 듯했다.

이성민은 그런 사마련주의 태도를 잘 이해할 수가 없었다.

일주일 동안 이성민은 사마련에 있었고, 사마련이 이름과는 다르게 얼마나 허술한 조직인지 잘 파악했다.

조직력에 있어서 사마련은 무림맹과 비교가 안 된다. 이성민이 보기에 전면전이 벌어진다면, 사마련은 무림맹에게 참패를 당할 수밖에 없었다.

"전면전이 벌어졌을 때 자신은 있으십니까?"

"없으면 하겠다고 하지도 않겠지."

사마련주가 고민하지도 않고서 대답했다.

"네가 보는 것과는 다르게 사마련은 그렇게 약하지 않다. 백 년 동안 본좌가 이곳을 떠나 있으면서 완전히 손을 놓고 있었던 것도 아니고. 그리고 너도 있지."

사마련주가 손을 들어 이성민을 가리켰다.

"초월지경의 머릿수가 적다고는 하지만 그건 큰 문제가 되지 않는다. 육존자 중에 도존과 암존은 너 혼자서 상대할 수 있을 것 같고, 월후는…… 아마 전면전에 직접 나서지 않을 거야. 창왕이 변수일 것 같기는 하다만."

사마련주는 그렇게 중얼거리면서 팔짱을 꼈다.

"검선이 어찌 나설지도 솔직히 잘 모르겠다. 하지만 자신이 없는 것은 아니야. 사실 소천마가 사마련에 온다면 이렇게 힘의 차이를 고민할 것도 없겠지만."

사마련주는 그렇게 말하며 껄껄 웃었다.

"네가 신경 쓸 바는 아니다. 그래서, 언제 떠날 셈이냐?"

"일이 어찌 될지 모르니 지금 당장 떠날 생각입니다."

"이곳에서 북쪽까지는 거리가 굉장히 멀어. 네 속도로 간다고 하여도 몇 달은 걸릴 텐데. '말'을 탈 생각이냐?"

사마련주의 질문에 이성민은 머리를 끄덕거렸다. 북쪽까지 가는 동안 상황이 어떻게 바뀔지도 모르는 일이다.

[그래도 네가 후계자라고 제법 챙겨주는구나.]

'그러게 말이야.'

사마련주의 집무실을 나오자 허주가 낄낄거리며 말했다.

어쨌든 이성민이 무림맹에 죽거나 포로가 된다면, 사마련주가 직접 나서서 복수하고 구출해 주겠다는 말 아닌가.

자신의 방으로 돌아오고서, 이성민은 요정마(妖精馬)를 소환했다. 오슬라를 통해 처음 계약했을 때 이후로 불러내는 것은 처음이다.

새하얀 백색 빛이 이성민의 앞에서 모이더니 희고 아름다운 백마의 모습이 되었다.

요정마는 투명한 눈동자로 이성민을 응시하더니 머리를 숙였다. 이성민은 요정마의 갈기를 손으로 쓸어 주면서 등 위에 올라탔다.

[이제 두 번 남았군. 그래서, 어디로 갈 셈이냐?]

'트라비아에서 가는 것이 가장 가까워.'

이성민은 요정마의 갈기를 어루만지면서 트라비아를 떠올렸다. 그러자 요정마가 숙이고 있던 머리를 든다.

요정마가 발을 한 번 굴렀고, 이성민은 몸이 살짝 떠오르는 부유감을 느꼈다.

부유감이 끝났을 때, 이성민은 트라비아의 하늘 위에 있었다. 갑작스레 맞닥뜨린 북쪽의 추위는 이성민을 침범하지 않았다.

이성민은 미리 구해 두었던 인피면구를 얼굴에 뒤집어썼다.

지난번에 썼던 인피면구의 얼굴은 이미 노출이 되었기에, 이번에 쓴 것은 다른 얼굴의 인피면구였다.

해야 할 일을 끝낸 요정마가 다시 백색의 빛이 되어 사라졌다. 그 즉시 이성민은 아래로 추락하였으나, 당황하지 않고 낙하의 속도를 줄이며 인적이 없는 곳에 착지했다.

[이건 좋지 않군.]

허주가 중얼거렸다.

[다른 놈들은 몰라도 제니엘라는 공간이동을 감지했을 거야. 어쩌면 제니엘라가 올지도 모른……]

허주가 경고하는 순간이었다. 골목 사이의 그림자가 꿈틀거렸다. 크게 넓어진 그림자의 아래에서 새빨간 머리카락을 가진 여인이 불쑥 몸을 일으켰다.

"……당신은?"

완전히 모습을 드러낸 제니엘라가 이성민을 보고 놀란 표정을 지었다.

이성민은 몇 걸음 뒤로 물러서며 제니엘라를 의식했다.

뱀파이어 퀸은 수백 년 동안 살아온 괴물로서, 프레데터 안에서도 최강자로 평가받고 있다.

과연.

초월지경에 들어서 일 년 동안 사마련주의 흑뢰번천을 수행했는데도, 이성민은 제니엘라의 존재감에 자신이 압도되고 있음을 느꼈다.

"……오랜만입니다."

트라비아에서 만났을 때, 제니엘라는 이성민에게 꽤나 호의적이었다. 과연 지금도 그럴까? 이성민은 제니엘라의 분위기를 살피며 먼저 인사를 전했다.

"많이 변했군요. 느낌만으로는 알아보지 못할 정도예요."

솔직히 말해서 제니엘라는 드래곤이 나타난 것이라고 생각했다. 갑작스레 요동친 공간은 공간이동의 증거였고, 공간이동 마법은 드래곤이나 그에 준하는 초월적인 존재만이 가능한 마법이다.

제니엘라조차도 완벽한 공간이동을 펼치는 것은 불가능했다.

"방금…… 뭐였죠? 틀림없이 공간이동이 감지되었는데."

"제가 한 것이 아닙니다. 도움을 받았을 뿐이지."

"도움……?"

이성민의 대답에 제니엘라가 눈을 가늘게 떴다. 그녀는 이성민을 물끄러미 보았다.

마안이 새겨진 그녀의 두 눈이 크게 열린다. 상대의 모든 것을 꿰뚫어 보는 직시의 마안이 이성민에게 향했다.

"당신…… 요정의 여왕의 가호를 받고 있군요. 설마 요정마를 타는 인간을 만나게 될 줄은 몰랐…… 아니, 당신을 인간이라고 해야 하나?"

제니엘라는 이성민의 상태를 완전히 파악했다. 이성민이 요정마를 타고서 이곳까지 공간이동했다는 것도. 이성민의 몸이 요괴에 가깝게 변이하였고, 그중 심장이 드래곤의 것으로 바뀌었다는 것도.

그것은 제니엘라가 가졌던 의문에 대한 해답이 되었으나, 오히려 제니엘라는 더욱 큰 혼란을 느낄 수밖에 없었다.

"……흐음."

두 눈을 가늘게 뜨고서 이성민을 보고 있던 제니엘라가 입술을 열었다.

"당신."

제니엘라의 입술이 살짝 들렸다.

"아주 맛있게 변했네요."

벌어진 도톰한 입술 사이로 날카로운 송곳니가 빛났다.

[위험할지도 모르겠는데.]

허주가 중얼거렸다. 송곳니를 보인 제니엘라는 이성민을 향해 강렬한 식욕을 느끼고 있었다.

제니엘라는 실로 오랜만에 갈증과 허기를 느꼈다. 수백 년을 살아왔지만 이렇게 노골적인 욕구를 느끼는 것은 오랜만이다.

식사가 부족했던 적은 없다. 개인적인 취미로 간절한 이들이 타락하는 것을 즐겼고, 그 과정에서 부족한 자극과 식사를 즐겨왔다.

그 외에도 존재하기 위해 필요한 식사는 충분히 해두었다. 오늘만 하여도 어린 처녀의 피로 적당히 배를 채워 두었다.

그런데도 배가 고프고 목이 마르다. 본능에 충실하여 예민하게 날이 선 감각은 이성민의 모든 것을 식욕과 연관 짓고 있었다.

채취부터 시작해서 모든 것. 저 피부 아래에서 흐르고 있는 피는 얼마나 뜨겁고 달콤할까. 요괴의 몸뚱이 안에 흐르는 피는 인간의 것일까, 요괴의 것일까, 드래곤의 것일까.

제니엘라는 그런 호기심을 느끼면서 혀를 내밀어 입술을 핥았다.

"……음."

이성민도 제니엘라가 보이는 기색이 심상치 않다는 것을 느꼈다.

급하게 트라비아로 오기는 하였으나 제니엘라와 이렇게 맞닥뜨리게 될 것이라고는 생각해 두지 않았다.

[싸우면 죽는다.]

허주가 경고했다. 아무리 이성민이 강해졌다고 해도 수백 년을 살아온 뱀파이어 퀸에 비할 바는 아니다.

인간 중에서 손에 꼽힐 정도의 힘을 가지고 있다고 해도, 인간의 안에서 정점에 도달하지도 않았는데 어찌 뱀파이어의 정점인 퀸에게 도전할 수 있겠는가?

"……실례."

이성민이 긴장하여 창을 쥐려던 찰나, 제니엘라가 크게 호흡을 가다듬으며 말했다. 그녀는 몇 걸음 뒤로 물러서더니 꾸벅 머리를 숙였다.

"추한 모습을 보여드리고 말았군요. 하아…… 이런 기분을 느끼는 것은 굉장히 오랜만이에요. 강렬한 식욕과 갈증 말이에요."

제니엘라가 손으로 입가를 가리며 웃었다.

"너무 오랜만이라 낯설면서 두렵고, 그러면서도 즐겁네요. 하지만 걱정하지 마시기를. 나는 당신을 강제로 취하고 싶지 않거든요. 사실 그러고자 한다면 어려운 일은 아닐 테지만, 그래도 하지 않을 거예요. 그건 너무 야만스럽잖아요."

제니엘라가 웃는 소리를 냈다.

"게다가 이곳은 장소가 그리 좋지 않기도 하고요. 봐요…… 이 너저분한 쓰레기의 골목을. 이 더럽고 역한 도시에서도 이 장소는 특히나 더럽고 역겨운 곳이죠. 나는 이런 곳에서, 내가 살아오던 중의 최고일 것임이 틀림없는 극상의 미식을 하고 싶지 않아요. 아, 그렇다고 해서 너무 걱정하지는 마시길. 당신이 이곳을 나선다고 해도, 나는 당신을 포식하지 않을 거니까요."

"……무슨 말입니까?"

"나는 당신의 모든 것을 즐기고 싶거든요. 내가 잠을 자는 침대 위에서, 내가 가장 좋아하는 이불을 깔고, 내가 가장 흥분되고 배가 고픈…… 아, 흡혈귀에게 있어서 식욕과 성욕은 거의 같은 개념이에요."

제니엘라는 묻지도 않은 것에 답하며 웃었다.

그녀가 짓는 아름다운 미소는, 그녀가 먹잇감으로 삼는 모든 이들을 충성케하는 치명적인 매혹의 미소였다.

하지만 그 매혹은 이번에도 이성민의 의식을 흔들어놓지 못했다.

"그 침대 위에서…… 내가 가장 원하고, 즐길 수 있을 때 당신을 먹고 싶다는 것이 내 개인적인 소망이에요. 아, 아아…… 내 표현이 너무 격하게 들렸을지도 모르겠네요. 나는 당신을 완전히 포식하려는 생각은 아니에요. 당신의 모든 피를 마시고 싶고 당신의 살점을 씹어 삼키고 싶기는 해요. 생각하는 뇌와 피를 돌리는 심장과 호흡하는 폐와 간과 췌장과 뼈와 혈관과 근육과 살과 성기와."

제니엘라의 입술이 빨라졌다. 그녀의 새빨간 눈동자는 더욱 진한 빛을 내뿜었고 호흡은 들썩거리며 어깨가 가늘게 떨린다.

제니엘라는 인간을 이루고 있는 모든 내장의 지칭을 쏟아내고 나서야 상쾌한 미소를 지었다.

"그 모든 것을 씹어 삼키고 마시고 싶지만. 그것보다는, 그 저열하고 원초적인 욕망보다는. 당신을 권속으로 두고 싶다는 내 이성이 더 강하고 굳건하니까, 그건 알아두세요."

"……흡혈귀가 되고 싶지는 않습니다만."

"걱정하지 말아요. 나는 당신을 강제하지 않을 거니까. 그때에도 말했잖아요? 나는…… 후후! 무조건적으로 권속을 늘리지 않아요. 아주 끈질기고…… 열정적이고, 절망하고, 그러면서도 포기하지 않는. 당신은 아직 부족하네요. 그래서 기다리는 거죠."

제니엘라는 그렇게 말하면서 입맛을 다셨다.

그것은 제니엘라가 긴 세월 동안 지켜 온 나름의 미학이었다. 만약 이성민이 그에 충족되는 존재였다면, 그녀는 최선을 다해 이성민을 유혹했을 것이다.

'아직 아니야.'

절망이 부족해. 제니엘라는 아쉬움을 억누르며 혀를 찼다.

"이곳에는 무슨 볼일이죠? 요정마까지 타고 왔다면 꽤나 급한 일일 텐데."

"……트라비아에 볼 일이 있는 것은 아닙니다."

"아…… 그렇다면."

제니엘라가 빙긋 웃었다.

"김종현인가요?"

그 말에 이성민의 표정이 움찔 굳었다. 그는 생글거리며 웃고 있는 제니엘라를 향해 질문했다.

"그를 알고 계십니까?"

"알고 있죠. 꽤나 재미있는 인간이잖아요? 아, 여기서 제가 말하는 인간은 단순히 그의 종을 지칭하는 것뿐이에요. 나는 그를 인간이라고 생각하지 않거든요."

제니엘라가 흥얼거렸다.

김종현은 제니엘라에게 있어서 굉장히 흥미로운 대상이었다. 그는 아크 리치인 아르베스의 모든 것을 빼앗았고, 아르베스가 애지중지하던 마도서 그리모어의 주인까지 되었다.

"김종현을 위해서 온 것은 아닌 것 같고. 당신도 그를 토벌하기 위해 온 것인가요?"

"……일단은 그렇습니다만."

"흐으응……."

이성민의 대답에 제니엘라가 아랫입술을 톡톡 두드렸다. 잠깐의 침묵 뒤에 제니엘라가 머리를 가로저었다.

"당신을 위해서 하는 말인데. 김종현을 토벌할 생각이라면 그만두는 것이 좋으실 거예요."

"어째서입니까?"

"그가 준비하는 의식은 굉장히 위험하거든요. 당신이 꽤 강하다는 것은 인정하는 바이지만, 당신이 김종현의 의식을 방해한다면…… 후후!"

제니엘라가 어깨를 들썩거리며 웃었다.

"당신도 죽을걸요?"

[잠깐.]

허주가 요력을 일으켰다. 그는 이성민의 등 뒤에서 몸을 일으켜 제니엘라를 내려 보았다.

"허주."

제니엘라가 허주를 올려 보며 그의 이름을 불렀다.

"아직도 붙어 있었나요? 슬슬 그 우스꽝스러운 처지에 환멸을 느껴 소멸을 택할 것이라 생각했는데. 그 대단한 자존심도 육체를 잃고 수백 년이나 지나니까 하찮아졌나 보죠?"

[쓸데없는 말을 하는군.]

"당신을 동정해서 하는 말이에요. 그래도 나는 한때 당신을 꽤 존경했거든. 지금은 아니지만 말이야."

제니엘라가 쿡쿡 웃었다.

[너는 왜 아무것도 하지 않고 있는 것이냐?]

허주는 제니엘라의 비꼬는 말을 무시하며 질문했다.

[그 김종현이라는 흑마법사. 네 영역에서 어떤 의식을 벌이는 것 같은데, 왜 너는 그를 내버려 두는 것이냐?]

"굳이 방해할 필요가 있나요? 방해하지 않고 하게 두는 편이 구경하는 재미가 있는데. 그리고 김종현은 착실하게 나에게 허락도 미리 구했어요."

제니엘라가 빙그레 웃으며 답했다.

"그래서 무시해 주기로 했죠. 그를 도울 생각도, 방해할 생각도 없어요. 그냥 구경만 할 뿐이지."

"그는 대체 무엇을 하려고 하는 겁니까?"

"많이 궁금한가 봐요?"

제니엘라가 고혹적인 웃음을 흘렸다. 그녀는 피를 담아 찰랑거리는 것만 같은 눈동자를 굴리며 이성빈을 보았다. 도톰한 입술을 손끝으로 두들기던 제니엘라가 빙그레 웃었다.

"하지만 내가 당신에게 알려 줄 이유는 없잖아요. 내가 당신이 궁금해하는 것을 알려주는 대가로, 당신은 나에게 뭘 줄 수 있나요?"

"무엇을 원합니까?"

"나는 당신에게 원하는 것이 없어요."

적어도 지금 당장은.

제니엘라는 마음속에서 살며시 머리를 드는 욕심을 꾹 억눌렀다.

이 조건으로 권속이 되라 말하여도 들을 것 같지도 않고, 그렇다고 피를 달라고 청하고 싶지도 않았다.

제니엘라는 아직 이성민의 피를 마시고 싶지 않았다.

"그래도…… 나는 당신이 꽤 마음에 드니까. 정답이 아닌 힌트를 주자면."

제니엘라가 웃는 얼굴로 말했다.

"김종현은 인간이 아닌 다른 무언가가 되고자 하고 있어요."

그것이 제니엘라가 알려 줄 수 있는 힌트의 전부였다. 그녀는 진정시킨 욕망을 이성 깊은 곳에 처박은 뒤에 몸을 돌렸다.

제니엘라는 등장했을 때와 마찬가지로 시커먼 그림자 속 안에 녹아들어 모습을 감추었다.

"……인간이 아닌 다른 무언가가 되고자 한다고?"

이성민은 제니엘라가 남긴 말을 중얼거렸다. 그렇다는 것은 인외가 되려 한다는 말인가? 흑마법사라면 인외가 되는 아주 쉬운 방법을 가지고 있다.

리치가 되는 것이다. 하지만 김종현이 벌이는 일을 보건대, 그는 리치가 되려 하는 것 같지는 않았다.

인간이 아닌 다른 무언가…… 이성민은 그 수상쩍은 말을 중얼거리면서 몸을 돌렸다.

[영 낌새가 좋지 않은데.]

허주가 중얼거렸다.

[제니엘라의 말도 그래. 그 계집이 하는 말을 보면, 김종현이라는 흑마법사 놈은…… 단순히 인외가 되려는 것이 아닌 것 같다. 인간이 아닌 다른 무언가라고 하지 않았느냐.]

"그랬지."

[제니엘라는 김종현이 어떤 의식을 준비하고 있는 것이라고 했다. 어쩌면 일곱 개의 마을을 몰살시킨 것부터가 의식을 위

한 준비였을지도 모르지. 마을의 시체들이 어떻게 되었는지 기억하고 있느냐?"

"시체끼리 죄다 엮어서 쌓아 놨다고 했지. 심장을 모두 뽑아 놓고서."

[뽑은 심장은 어디에 갔을까?]

허주의 이죽거림에 이성민의 얼굴이 싸늘하게 식었다.

[어떤 종류의 의식인지는 모르겠지만, 수천 명분의 심장이 필요한 의식이다. 아무리 네가 강하다고 해도 조심하는 편이 좋을 것이다.]

"그렇다면 잘 되었군. 괜히 온 것이 아닐까 싶었는데…… 김종현이 위험한 놈이라는 것이 확인되었으니까, 나도 미련 없이 갈 수 있겠어."

많은 지원 병력이 모였으니 굳이 오지 않아도 되는 것 아니었을까. 그런 고민은 완전히 사라졌다.

김종현은 위험하다. 놈이 무슨 의식을 준비하는 것인지는 지금으로써는 알 수가 없었지만.

일곱 개의 마을을 몰살시키는 것이 의식의 준비였다면…… 도망치지 않고, 머릿수가 늘어난 토벌대를 기다리고 있는 것 역시 의식을 위한 것임이 틀림없었다.

'죽게 해서는 안 돼.'

이성민은 자신의 것이 아닌 얼굴을 더듬었다. 이 얼굴의 주인은 용병이 아니다. 단순한 모험가고, 신분을 증명할 수단은 없다. 그것이면 된다.

이성민은 골목을 빠져나왔다. 트라비아에서 토벌대가 모여 있는 헤도르까지는 그리 먼 거리는 아니다.

가는 것은 큰 문제가 되는 일이 아니지만, 문제는 헤도르에 도착해서부터다.

'가급적이면 들키는 일이 있어서는 안 돼.'

이성민이 귀창이라는 것이 밝혀진다면 스칼렛의 입장도 난처해질 것이고, 바로 가까이에 있는 모용세가주가 발작할 것이다. 무림맹의 공격도 받게 될 것이고.

몸을 빼는 것이야 크게 어려운 일이 아닐 것 같았지만, 그렇다고 해서 일을 귀찮게 만들고 싶지는 않았다.

"팔자에도 없는 연기를 하게 생겼군."

이성민은 투덜거리면서 트라비아의 성문을 빠져나왔다.

일곱 개의 마을을 돌며 뽑은 심장은 오천 개에 달했다.

김종현은 검은 로브를 질질 끌어 걸으면서 어둠 속을 거닐었다. 그가 있는 곳은 가시처럼 메마른 나무의 숲이었고, 그 한가운데에 파 놓은 커다란 구덩이에는 오천 개의 심장이 뭉

개지지 않고 가득 담겨 있었다.

"흠."

김종현은 구덩이 주변을 맴돌면서 머리 옆에 띄워 놓은 마도서를 힐긋 보았다.

그리모어. 마법사 길드가 가지고 있던 최악의 마도서. 김종현이 아르베스의 모든 것을 취한 이유는, 그의 끔찍한 지식과 위대한 흑마법뿐만이 아니라 저 그리모어가 탐이 났기 때문이었다.

최근 일 년 동안 김종현은 많은 일을 했다.

어르무리에서 돌아가 아무 일도 없었다는 듯이 흑색 마탑으로 복귀했고, 길드의 의심을 피하기 위해 꾸준히 연구에 대한 보고서를 올리면서 아르베스의 흑마법을 체득했다.

그리고 아르베스의 비밀 던전을 방문하여, 아르베스가 소유했던 것들을 모두 자신의 것으로 삼았다.

그렇게 손에 넣은 그리모어를 해석하는 것에 또 반년이 넘는 시간을 가졌다.

아르베스의 지식이 있는 데다 김종현도 아르베스와는 다른 지식을 가지고 있던 덕분에 그리모어의 마법 몇 가지를 해석할 수 있었다.

'이론은 괜찮은데…… 흠. 잘 될지는 모르겠군.'

김종현은 그려 놓은 마법진을 점검하며 턱을 어루만졌다.

몇 번의 실험 과정을 거쳐보고 싶었는데, 아쉽게도 이 마법 의식은 실험 같은 것이 불가능했다.

"이제 와서 그만두기에는 늦었지."

김종현은 심드렁한 목소리로 중얼거렸다.

어찌 되었든, 이 의식을 위해 오천이 넘는 사람을 죽여 버렸으니까.

3장
헤도르(1)

여기까지는 의식을 거행하기 위한 사전준비일 뿐이다.

김종현은 쭈욱 기지개를 피면서 허공을 손으로 두드렸다.

숲 전체에 뿌려 놓은 탐지 마법에는 아무것도 걸리지 않는다.

김종현은 아쉬움에 혀를 찼다. 조급한 것은 아니었으나, 숲에 해놓은 준비를 시험해 보고 싶은 마음에 김종현의 마음은 들떠 있었다.

이 숲. 이름 없는, 앙상한 나무들로 이루어진 숲은 죽음의 숲이다.

김종현이 이 숲에 그런 이름을 붙였다. 온갖 종류의 끔찍한 마법들이 토벌대를 반기기 위해 준비되어 있고, 아르베스의 던전에서 손에 넣은 다양한 사역마들이 굶주린 채로 식사를 기다리고 있었다.

'마법병단에 마탑주들. 무림맹에 교회…….'

김종현은 자신이 피악한 토벌대의 병력을 떠올리면서 피식 웃었다. 그들 모두가 김종현을 죽이기 위해 온 것이었으나, 김종현은 그리 겁을 먹지 않고 있었다.

어쩌면 의식은 실패할지도 모른다. 의식을 발동하였어도 해본 적이 없으니 실패 가능성은 충분히 존재한다.

아니, 어쩌면 본격적인 의식에 돌입하기도 전에 토벌대에 의해 죽을지도 모르지.

'그렇다면 그것대로 괜찮겠지.'

옛날부터 그랬지만, 김종현은 자신의 목숨에 그리 큰 미련은 없었다.

그를 움직이게 하는 것은 흥미와 호기심이 전부였다. 의식을 진행하는 이유 역시 흥미와 호기심 때문이었다.

그렇게 해서 죽으면? 그것도 김종현에게 있어서 나쁜 일은 아니다. 죽음 뒤에 대체 무엇이 기다리고 있는가는 먼 옛날부터 인간이 탐구하던 것 아닌가.

'기왕이면 저기서 뭐가 더 추가되었으면 좋겠는데.'

지금의 토벌대만 하여도 제물로서의 가치는 충분하지만, 김종현은 조금 더 많은 것을 바라고 있었다.

헤도르의 공기는 김종현을 토벌하기 위한 세력들 덕에 긴장으로 굳어 있었다.

당장 이 도시에 모인 세력만 하여도 마법병단을 포함한 마탑과 무림맹, 교회. 이렇게 셋이다.

에리아는 각 차원에서 사람들을 소환하고, 그들 중에서는 성기사와 사제들도 있었다.

모시는 신의 신력을 사용하는 성기사와 신관들은 에리아에 소환되면서 모시던 신과의 영적 연결이 끊어지고, 그들이 몸에 담았던 신력은 더 이상 모시던 신의 것이 아닌 그들 자신의 힘이 되어버렸다.

그들 중 특히나 투철한 신앙심을 가지고 있던 이들은 모시던 신과 영적 연결이 끊어졌음에 절망하여 자살하거나 폐인이 되었고, 이 또한 신의 뜻이라 말하며 현실에 순응한 이들은 모시던 신과의 연결이 끊어졌음에도 스스로를 성기사와 신관이라 자처했다.

신성마법이라는 것은 오로지 신력으로만 펼칠 수 있는 것이지만, 에리아에 소환된 신관과 성기사들은 신과의 영적 연결이 끊어져 신력을 다룰 수 없게 되었음에도 신성마법을 펼치는 것이 가능했다.

그들의 것이 된 신력은 언데드를 비롯한 사악한 힘을 상대로 치명적인 위력을 보였다.

신관이 아니게 된 신관들, 성기사가 아니게 된 성기사들이 하나로 모인 것이 교회라는 집단의 시작점이다.

교회가 만들어지고 긴 세월이 흐르는 동안 에리아에는 계속해서 성기사와 신관들이 소환되었다.

그렇게 교회의 성기사와 신관은 늘어났다. 그들뿐만이 아니라 교회에는 에리아에 존재하는 신들을 모시는 신관과 성기사들도 포함되어 있다.

교회의 신관과 성기사들은 틀림없이 언데드나 흑마법사 같은 사악한 힘을 다루는 이들에게 천적이다.

하지만 교회라는 집단은 원체 폐쇄적이라 무림맹과 마법사 길드와는 제대로 된 교류를 트지 않았다.

'스케일이 너무 커졌어.'

스칼렛은 짜증스러운 얼굴을 하고서 거리를 걸었다. 김종현 하나를 토벌하기 위해 이 많은 이들이 모였다. 더 이상 김종현은 단순한 흑마법사가 아니었다.

스칼렛은 내심 김종현에게 붙은 북쪽의 마왕이라는 별명이 너무 과장된 것이 아닌가 생각하였지만, 김종현이 정말로 그리모어의 마법을 체득하였다면 이 정도 병력이 토벌을 위해 모인 것도 납득이 갔다.

'이런 일에 휘말리고 싶지는 않은데.'

사실 스칼렛의 성격이라면 이 일을 받지 않고 거절하거나, 일이 심상치 않다는 것을 알고서 도망쳤을 것이다. 하지만 스칼렛은 도망칠 수도 없는 몸이었다.

'빌어먹을 늙은이.'

스칼렛은 청색 마탑주를 떠올리며 빠득빠득 이를 갈았다.

내가 미쳤다고 그 늙은이에게 맹세를 했지. 그녀는 뒤늦은 후회감에 머리카락을 꽉 움켜잡았다.

청색 마탑주에게 언젠가 부탁을 하나 들어줄 것임을 맹세했고, 청색 마탑주는 스칼렛에게 이 토벌전에 참여할 것을 요구했다.

목숨을 건 마나의 맹세였으니 스칼렛으로서는 당장 도망치는 것은 불가능했다.

'그래도 무조건적인 것은 아니니까. 상황이 여의치 않아진다면 그 늙은이도 도망치라 할 테니…… 빌어먹을 김종현, 개 같은 새끼. 왜 이런 미친 짓을 벌인 거야?'

스칼렛은 베헨게르 때부터 김종현을 알았다. 같은 길드에서 다른 마법을 연구하였고, 서로의 분야가 달라 마주치는 경우는 거의 없었지만.

스칼렛은 김종현을 그리 좋아하지는 않았다. 딱히 김종현이 스칼렛에게 미움을 살 짓을 한 것은 아니다.

본능적으로…… 그냥, 좋아할 수가 없었다. 어쩌면 몬스터의 팔다리와 장기가 떠다니던 그의 방과, 피에 젖은 백의를 입고 다니며 속 모를 미소를 머금던 김종현의 모습 자체가 싫었던 것일지도 모르겠지만.

"찾았다."

답답한 기분을 풀기 위해 산책을 나왔고, 슬슬 돌아가려던 찰나. 작은 목소리가 스칼렛의 귓가에 박혔다.

그녀는 소리가 난 방향으로 머리를 돌렸다. 처음 보는 얼굴을 한 동양인이 스칼렛을 향해 환한 표정을 짓고 있었다.

스칼렛은 눈가를 찡그리면서 뒤를 돌아보았다. 혹시 다른 사람을 보고 저러는 것인가 싶었는데, 뒤에는 아무도 없었다.

"스칼렛 님."

남자가 다가온다. 특색 없는 얼굴이다. 눈도, 코도, 입도. 그리 인상이 강하지 않아 평범하다는 말이 딱 어울린다. 스칼렛은 손을 들어 다가오는 남자를 제지했다.

"너, 누구야?"

스칼렛의 두 눈이 경계심을 담아 가늘게 떠졌다. 그녀는 멈춰 선 남자를 위아래로 훑어보았다.

체격은 꽤 좋다. 용병일까? 입고 있는 갑옷조차도 큰 특징이 없어 평범했고, 오히려 스칼렛은 그것이 의심스러웠다.

이성민은 대답하기 전에, 왼손을 슬쩍 들어 보였다. 그의 왼손목에는 스칼렛에게 받았던 팔찌가 채워져 있었다.

스칼렛은 이성민이 차고 있는 팔찌를 보고서 눈을 크게 떴다. 그녀가 이 세상에서 저 팔찌를 준 것은 둘 뿐이다. 백소고와 이성민.

"……너?"

"오랜만입니다."

이성민은 빙그레 웃으며 말했다.

스칼렛은 입을 반쯤 벌리고서 이성민이 쓰고 있는 인피면구를 보았다. 조금의 침묵 뒤에, 스칼렛은 탄식처럼 중얼거렸다.

"어렸을 때는 꽤 잘생겼었는데…… 대체 무슨 일이 있었길래 얼굴이 그렇게 망한 거야?"

이 얼굴도 크게 못난 얼굴은 아닌데. 이성민은 헛기침을 하며 답해주었다.

"제 얼굴이 아닙니다."

"그래? 그건 다행이네."

스칼렛은 그렇게 말하면서 성큼성큼 이성민에게 다가갔다.

그녀는 살가운 미소를 지으며 양팔을 벌리더니 대뜸 이성민의 몸을 끌어안았다. 설마 스칼렛이 이런 반응을 보일 것이라고는 상상하지 못한 덕에, 이성민은 당황하여 스칼렛의 몸을 밀치려 했다.

[가만히 있어.]

스칼렛의 목소리가 이성민의 머릿속에 울렸다. 전음이 아닌

텔레파시였다.

"고마워. 나를 위해서 와준 거지?"

텔레파시와는 다르게, 스칼렛은 입술을 열어 그렇게 말했다.

[무슨 상황인지는 알겠어. 너도 귀는 있으니 소문을 들었을 테고, 내가 걱정되어 이곳에 온 것이겠지. 안 그래?]

[……맞습니다.]

[얼굴까지 바꾼 것을 보면 자기 처지랑 이곳 상황도 이해하고 있을 테고.]

[그렇죠.]

스칼렛은 바보가 아니었다. 경계 어린 눈으로 이쪽을 보고 있던 무사들이 다시 길을 간다.

그들로서는 누군지 모를 놈이 스칼렛에게 다가오니 자연스레 경계심을 품었던 것이다.

[모용세가입니까?]

[모용세가인지 아닌지는 나도 잘 몰라. 일단 무림맹인 건 확실하지. 이 바보 자식아.]

스칼렛이 내뱉었다.

[자기 상황도 잘 파악하고 있으면서 뭐하러 여기까지 와? 나는 너한테 도와달라고 한 적이 없다고.]

[제가 스칼렛 님이 걱정돼서 온 겁니다. 나도 내가 귀찮이라고 떠벌리며 무림맹과 마찰을 빚을 생각은 없고요.]

[그러다가 들키면 내 입장이 난처해지는 것 알지?]

[그렇게 된다면 제가 책임을 져 드리죠.]

이성민의 말에 스칼렛이 헛웃음을 흘렸다. 그녀는 포옹을 풀고서 자연스레 이성민의 팔에 팔짱을 꼈다.

그러고는 무림맹 무사들이 갔던 길과 반대 방향으로 걷기 시작했다.

[책임? 무슨 책임?]

[어떤 식으로든.]

[무책임하고 뻔뻔한 말이네. 오랜만에 봤는데, 예전의 귀여운 맛이 없어졌어.]

[예전의 내가 어떻게 귀여웠다는 겁니까?]

[바보 같고 얼빠지고 우유부단하고 찌질하고. 그런 귀여움이 있었지. 지금은 뭔가 뻔뻔해져서 별로야.]

[그게 왜 귀여웠다는 건지 모르겠네요.]

[연하가 그러면 귀여운 법이야.]

스칼렛은 그렇게 말하면서 이성민의 팔뚝을 손으로 더듬었다.

"오랜만이지? 어머, 팔뚝 굵어진 것 봐. 열심히 하나 봐?"

"징그럽게 왜 이러십니까?"

[말 좀 맞추지?]

[뭔 말을 맞춥니까?]

[너, 나 보호하러 온 것 아니야?]

스칼렛이 웃는 얼굴을 하면서 눈을 흘겼다.

[여기서 내가 꺼지라고 해봐야 안 꺼질 거잖아. 안 그래?]

[그건 그렇죠.]

[그렇다면 나한테 맞춰. 나는 이따가 길드에 돌아가서, 너를 내 호위로 소개할 거니까 말이야. 예전에 여행할 때에 만난 솜씨 괜찮은 모험가라고. 아니면 네가 따로 생각해 둔 신분이라도 있어?]

[없습니다.]

[위조 용병패 같은 건?]

[없습니다. 그런 것 가지고 있다가 괜히 다른 용병들이랑 엮이면 귀찮아지니까.]

[잘했어. 지금 상황을 보아하니 교회까지 끌어들인 것으로도 부족해 용병까지 끌어들이려는 모양이야.]

[예?]

스칼렛의 말에 이성민은 놀랄 수밖에 없었다. 무림맹에 교회까지 토벌대에 끌어들였는데, 거기에 용병까지 끌어들이겠다고?

[너무 과한 것이 아닐까 싶긴 한데…… 아무래도 이곳, 북쪽은 뱀파이어 퀸, 혈후 제니엘라의 영역이니까 말이야. 김종현이 그리모어의 마법을 체득한 것이 아닐까 걱정스럽기도 하고, 만약에 뱀파이어 퀸이 개입할 가능성도 있으니. 용병들을 영입하겠다고 오늘 아침에

결정이 내려졌어.]

그 말에 이성민은 쓴웃음을 지었다. 뱀파이어 퀸은 이 일에 개입하지 않는다.

하지만 이성민이 그 사실을 알려 줄 수는 없었다. 말해봤자 그들이 믿을 것 같지도 않았고, 네가 그것을 어떻게 아느냐는 추궁에 답변할 말도 궁색했기 때문이다.

[밥은? 먹었어?]

[안 먹었는데 배는 안 고픕니다.]

[그렇다면 억지로라도 먹어. 우선 이야기나 조금 하다가 들어가고 싶으니까.]

이성민과 스칼렛은 팔짱을 끼고서 거리를 걸었다.

그녀의 걸음이 멈춘 곳은 한적한 식당의 앞이었다.

안내받은 자리에 마주 앉을 때가 되고 나서야 스칼렛은 잡고 있는 이성민의 팔을 놓았다.

"와줘서 고마워."

스칼렛이 입을 열어 말했다.

"나도 도와달라고 할까 말까…… 고민을 많이 하기는 했는데. 결국 하지 않기로 했거든. 거리도 꽤 멀기도 했…… 맞아. 너 대체 어떻게 여기에 온 거야?"

"마침 근처에 있었거든요."

이성민의 대답에 스칼렛이 즉시 텔레파시를 보냈다.

[지랄하지 좀 말래? 너 사마련이 있는 하라스에 있었잖아. 하라스에서 여기까지 어떻게 온 거야?]

[다 방법이 있습니다.]

[쓸데없이 비싸게 구네. 뭐, 어쨌든 고맙다는 말은 진심이야. 알아서 와줄 것이라고는 상상도 못 했거든.]

[스칼렛 님이 죽는 것을 내버려 두고 싶지 않았을 뿐입니다.]

[왜 재수 없는 말을 하는 거야? 죽기는 왜 죽어?]

이성민의 말에 스칼렛이 입술을 삐죽거리며 투덜거렸다.

이성민이 살았던 전생에서, 스칼렛은 죽지 않았다. 그녀는 적색 마탑주로서 이성민이 죽기 직전까지 명성을 떨쳤다.

하지만, 지금 시점에서는 어찌 될지 모르는 일이다.

이미 이성민이 죽었던 시점에서부터 몇 달이 흘러버렸고, 지금부터 벌어질 일에 대해서 이성민은 아무것도 알지 못한다.

'그리고 무조건 전생대로 흘러가는 것은 아니야.'

그것은 이미 몇 번이나 확인했다. 전생에서 죽지 않았던 화산파 장문인이 죽었고, 검귀는 이성민에게 죽었다.

위지호연에게 죽었어야 할 백소고도 죽지 않았다. 혈천마도 이성민의 손에 죽었다.

이미 지금의 생은 전생과 많은 것이 바뀌었다.

이성민의 존재 때문이다.

이성민이 전생과 똑같은 삶을 살았다면 전생과 다를 것 없이 지금의 생도 흘러갔을지 모르는 일이지만, 이성민은 전생과 똑같은 삶을 살지 않았다.

어쩌면 지금 김종현이 벌이는 일도 결국에는 이성민과 관계가 있을지도 모른다. 섣부른 생각일지도 모르지만.

그럼에도 이성민은 그 가능성에 대해 아예 무시하지는 않았다. 김종현과도 이미 몇 번이나 만난 경험이 있었고, 결국 이성민은 이곳에 있게 되었으니까.

"무슨 생각해?"

식당으로 들어온 스칼렛이 머리를 갸웃거리며 물었다.

이성민은 복잡한 생각을 잠시 내려놓으며 머리를 가로저었다.

[김종현에 대해 생각하고 있었습니다.]

민감할지도 모르는 주제이니 전음으로 답했다.

과연. 스칼렛의 눈썹이 찡그려졌다. 와드득. 식탁에 올라가 있던 나이프가 그녀의 악력에 짓이겨졌다.

[아주 빌어먹을 새끼야. 대체 뭔 생각으로 이런 짓을 벌인 것인지 감도 안 잡혀.]

[뭘 노리고 있는 것인지 파악은 하셨습니까?]

[아직…… 확실한 것은 없지. 김종현을 직접 만나 물어본 것도 아니고, 김종현이 떠벌리지도 않았으니까. 그래도 어느 정도 추측을 하

고 있기는 해. 놈이 죽인 마을 사람들은 심장이 뽑히고 시체끼리 엮였다는 것 외에 공통점은 없지만.]

스칼렛은 손바닥 안에 뭉개져 있던 식기를 내려놓으며 혀를 찼다.

[이유 없이 그런 짓을 벌인 것은 아닐 테니까. 예부터 심장은 마법이나 주술 쪽에서 가장 노골적이고 써먹기 쉬운 제물이었거든.]

[제물?]

[응. 마법이나 주술적인 의식을 위한 제물 말이야. 흑색 마탑의 다른 흑마법사들은 악마 소환에 대한 가능성을 언급하더군.]

[악마라면, 마족을 말하는 겁니까?]

[마족…… 이랑은 조금 다를 거야. 나도 전문적으로 잘 알지는 못하지만. 마족은 마계에서 살아가는 종족…… 굳이 따지자면 아인이지. 하지만 악마는 아인이라는 개념이 아니야. 뭐, 이것도 어디까지나 추측일 뿐이야. 다만 김종현이 죽이고 심장을 뽑아간 인간의 숫자만 해도 오천이 넘어. 그 정도의 제물로 의식을 벌인다면 그만큼 끔찍한 일이 일어나겠지.]

스칼렛은 복잡한 표정을 지으며 머리를 벅벅 문질렀다. 지금으로써는 김종현이 벌이는 모든 일에 대해 추측밖에 할 수가 없다.

흑색 마탑의 흑마법사들에게 자문을 구했지만, 그들도 김종현이 무슨 일을 벌이는 것인지 확신하지 못하고 있었다.

그야 그럴 것이, 인간을 제물로 하여 벌이는 마법은 무엇 하나 예외 없이 끔찍한 결과를 만들어내는 것들이다.

거기에 그것이 지금까지 정립된 흑마법이 아닌, 그리모어를 통해 벌어지는 마법이라면 그 형태조차 파악할 수가 없다.

[아르베스가 타락하기 전까지, 마법사 길드는 두 권의 쌍둥이 마도서를 가지고 있었어. 그리모어와 그리에스. 하지만 마법사 길드는 그 두 권의 마도서를 가지고 있기는 하였지만, 해석하지는 않았지.]

[어째서입니까?]

[너무 위험했기 때문이야. 그 두 권의 마도서에 적힌 마법들은, 완전히 해석되지는 않았어도 인간에게는 너무 이른 것들이었거든. 너무 위험하니까 아예 손도 대지 말자는 생각이었던 거지. 아르베스가 그리모어를 가지고 사라진 후로는 뒤늦게 그리에스의 해석 작업에 들어갔지만 말이야.]

그 위대한 마법서들에 대해서 이성민은 잘 알고 있지 못했다.

그래도 스칼렛의 태도로 보아 김종현이 가지고 있다는 그리모어가 얼마나 위험한 것인지는 느낄 수가 있었다.

[스칼렛 님은 토벌이 성공할 것이라고 보십니까?]

[성공…… 해야지. 사실 잘 모르겠어. 병력은 충분하다고 봐. 무림맹, 교회, 마법병단 거기에 실력 좋은 용병들까지 합류하기로 했으니까. 농담처럼 하는 말이지만, 이 정도의 병력이라면 드래곤도 잡

을 수 있을 거야.]

그 말에 이성민의 머릿속에서 허주가 껄껄거리며 웃었다.

[드래곤을 잡겠다고? 말도 안 되는 소리. 이 정도가 모여 봤자 드래곤의 날개 하나 찢지 못할걸.]

'드래곤이 그렇게 강한가?'

[괜히 놈들이 위대한 종족이라고 뻐기던 것이 아니냐. 그래 봤자 이 어르신한테는 우스꽝스러운 도마뱀으로밖에 보이지 않았지만.]

'결국 너도 인간에게 토벌되었잖아.'

[그건 그렇지만…… 흠. 지금 생각해 보면 참 묘하군. 나는 왜 토벌되었던 것일까?]

이성민은 놀리듯 하는 말이었지만, 허주는 진지하게 받아들였다.

생각해 보면 자신이 죽던 순간에 대해 제대로, 깊이 생각해 본 적이 없었기 때문이었다. 무의식적으로 그에 대한 기억을 떠올리려 하지 않았던 것처럼.

[이상하군. 기억이 잘 안 나…… 죽던 순간이라 그런가?]

허주 스스로도 묘하다고 생각했다. 그 세상에서, 허주를 죽일 수 있었던 존재는 없었다.

드래곤조차도 허주가 보기에는 약해 빠졌었고, 가장 강한 인간이나 인외라고 해봐야 허주를 죽일 정도는 아니었다.

그런데 왜 나는 죽었던 것일까. 허주는 오슬라가 했던 말을 떠올렸다.

여러모로 꺼림칙한 죽음이었다고.

[이 정도 병력이 모였다면 예의로라도 토벌되어 줘야지. 안 그래?]

[위험할지도 모른다는 생각은?]

[하고 있지. 김종현. 그 새끼는 무슨 일을 벌일지 모르는 또라이야. 나도 솔직히 엮이고 싶지 않다고.]

[그러면 도망치면 되는 것 아닙니까?]

이성민은 묘하다는 표정을 지으며 스칼렛을 보았다. 위험할지도 모른다는 자각을 하고 있다면 도망치면 된다.

설마 마탑주로서의 명예 때문일까. 그에 대해 넌지시 질문하자 스칼렛이 학을 떼며 머리를 세차게 저었다.

[명예? 지랄하지 마. 나는 그런 오그라드는 것은 딱 질색이거든? 그런 병신 같은 이유로 뒈지고 싶은 마음도 없어!]

[그러면 그냥 저랑 함께 도망치지 그러십니까?]

[나야 그러고 싶지! 그런데 도망칠 수가 없어. 여기에 와 있는 녹색 마탑주, 그 늙은이의 부탁을 한 번 들어주기로 맹세를 한 적이 있는데…… 그 늙은이가 나보고 토벌전에 참가하라고 했단 말이야.]

[왜 그런 맹세를 하신 겁니까?]

[그 당시에 마법적인 도움이 필요했었는데, 녹색 마탑주만이 나를 도와줄 수 있었거든. 도와주는 대가로 나도 언젠가 그 늙은이의 부

탁을 한 번 들어주기로 했었던 거야. 젠장…… 왜 그런 맹세를 해가지고.]

스칼렛은 투덜거리며 머리를 벅벅 긁었다. 물론, 당시로써는 녹색 마탑주의 도움이 절실히 필요한 상황이기는 했다.

지금 생각하기에는 후회만 가득 있을 뿐이지만.

가벼운 식사를 끝내고서 이성민과 스칼렛은 식당을 나왔다. 현재 그녀를 비롯한 마탑주들은 이 도시의 큰 여관을 통째로 빌려 숙식하고 있었다.

"잠깐 바람이나 쐬고 온다더니, 꽤 늦었군."

여관의 1층. 널찍한 로브를 입은 노인이 담뱃대를 빨고 있었다.

그는 문을 열고 들어오는 스칼렛을 보며 주름 가득한 얼굴에 히죽 웃음을 띄웠다.

"오랜 친구를 만나서 늦었을 뿐이에요."

[녹색 마탑주야.]

스칼렛은 녹색 마탑주의 말에 대답하면서 이성민에게 전음을 보냈다. 이성민은 녹색 마탑주를 향해 꾸벅 머리를 숙였다.

"만나 뵙게 되어 영광입니다."

"영광은 무슨. 다 죽어가는 늙은이를 보는 것이 무어가 영광이라고."

"마음에도 없는 소리 하지 말지 그래요? 죽기 싫어서 불사 마법을 연구하고 있는 주제에."

녹색 마탑주의 말에 스칼렛이 이죽거렸다. 그 말에 녹색 마탑주가 껄껄 웃었다.

"불로불사는 모든 인간이 바라는 꿈 아니겠느냐? 나는 우둔한 범인들을 위해 내 평생을 바쳐, 모든 인간이 바라 마지않는 불로불사의 비원을 연구하고 있을 뿐이다. 결코 내 개인적인 욕심 때문이 아니란 말이야."

"지랄하고 있네."

스칼렛은 녹색 마탑주의 말을 정면에서 씹어대며 이성민의 팔을 잡았다.

"남는 방, 있죠? 내 오랜 친구가 정말 고맙게도 김종현 그 새끼의 토벌전에 힘을 보태주기로 했거든요."

"네 방이 꽤 넓을 텐데 같이 쓰면 되지 그러냐?"

"그런 사이 아니에요."

"꼭 그런 사이여야만 같은 방을 쓰는 것은 아니지. 끌끌! 너는 아직 젊으니까 조금 더 즐겨두는 편이 좋아."

"제발, 헛소리 마시고. 죽여 버리고 싶으니까. 남는 방, 없어요?"

"나야 모르지. 로이드에게 물어보지 그러냐?"

"진작에 그럴 걸 그랬어."

스칼렛은 투덜거리며 이성민을 데리고 위층으로 올라갔다.

5층짜리 여관의 최상층이 이 여관의 가장 좋은 방들이었고, 스칼렛을 포함한 네 명의 마탑주와 마법병단의 단장이 이곳에서 묵고 있다.

스칼렛은 로이드의 방문 앞에 서서 문을 두드렸다.

"그 남자는 누군가?"

로이드는 스칼렛의 곁에 선 이성민을 보며 물었다. 녹색 마탑주에게는 그리 좋은 태도를 보이지 않았지만, 로이드를 대하는 스칼렛의 태도는 차분하고 예의가 발랐다.

이성민에 대한 설명을 듣고서 로이드가 머리를 끄덕거렸다.

"남는 방은 없는데…… 둘이 같은 방을 쓰는 것은 싫은가?"

"다 큰 남녀가 같은 방을 쓰다가 뭔 일이 벌어질지 알고요?"

"싫다면 어쩔 수 없지. 옆의 여관에 물어는 보겠네만. 그래도 괜찮은가?"

"상관은 없습니다."

로이드와도 친분이 있기는 했지만, 그렇다고 해서 로이드에게 정체를 밝히지는 않았다.

괜한 얘기를 하여 로이드를 난감하게 만들고 싶지 않았기 때문이다.

로이드의 방을 나오고서 스칼렛이 이성민을 힐긋 보았다.

[괜찮겠어?]

[뭐가 말입니까?]

[옆 여관을 쓰고 있는 것은 무림맹과 모용세가야. 너, 떳떳한 입장이 아니잖아. 그래도 괜찮은 거야?]

[상관은 없습니다. 괜히 그들과 마찰을 빚을 생각도 없고, 정체가 들키도록 하지도 않을 거니까.]

차라리 노숙을 할까 생각도 해보았지만, 오히려 그편이 더 이목을 끌 것 같았다.

그냥 무림맹이 쓰는 여관에서 얌전히 지내는 편이 나을 것이다.

그들도 대뜸 처음 보는 사람을 적대하지도 않을 것 같았고, 이유 없이 의심하지도 않을 것 아닌가.

무림맹이 쓰는 여관에는 자리가 꽤 있었다. 이성민은 이곳에 와 있는 무림맹에 대한 정보를 떠올렸다.

가장 먼저 모용세가. 모용세가의 가주는 백검학(白劍鶴) 모용대운으로, 남궁세가의 가주인 천존검왕과 비슷한 실력을 가졌다 평가되는 고수다.

현재 이 도시에는 모용대운뿐만이 아니라, 그의 막내아들인 모용찬도 와 있었다.

모용찬은 아직 열다섯밖에 되지 않았지만, 자질이 뛰어나 후기지수 중에서 한 손에 꼽히는 실력을 가지고 있었다.

그뿐만 아니라 모용세가의 오십 명 고수들도 이 도시에 와 있다.

'취걸에…… 독접.'

모용세가뿐만이 아니다. 이 도시에 와있는 무림맹의 병력을 이끌고 있는 것은, 다름 아닌 개방의 소방주 취걸이었다.

이성민은 오래전에 취걸을 만났던 때를 떠올렸다.

이성민이 가진 기억 속의 취걸은 그리 나쁜 인상은 아니었다. 그에게 도움을 청하러 갔던 백소고가 결국 돌아오지 않기는 했고, 그 상황이 취걸이 억지로 백소고를 데리고 던전에서의 탈출을 감행한 것임은 이성민도 잘 알았지만.

그렇다고 해서 취걸을 원망하지는 않고 있었다. 오히려 이성민은 그 상황에서, 백소고를 탈출시킨 취걸의 행동이 옳다 여겼다.

결국 취걸의 행동 덕에 백소고는 죽음의 운명에서 완전히 탈출할 수 있었던 것이니까.

독접 당아희와는 이번이 세 번째 만남이다.

처음은 소림, 두 번째는 미혹의 숲. 이 정도면 제법 인연이 깊은 것이라 할 수 있겠지만, 사실 만남은 몇 번 있었어도 당아희와 직접적으로 이야기를 나누었던 적은 없었기에 그리 큰 인상을 가지고 있지는 않았다.

'마지막에 오줌을 싼 건 기억 나는군.'

미혹의 숲에서 당아희는 바지에 오줌을 지렸었다. 이성민은 그때를 떠올리며 피식 웃었다.

무림인들이 묵고 있는 여관에 들어서자 뒤뜰 쪽에서 기합 소리가 들렸다. 여럿의 목소리가 하나 되어 절도 있는 외침을 토한다.

아무래도 단체로 무언가를 수행하고 있는 모양이었다. 궁금하기는 했지만 직접 보러 가지는 않았다.

"금색 마탑주에게 이야기는 들었네."

여관의 1층에 홀로 들어가자 기다리고 있었다는 듯이 중년인이 말을 걸어 왔다.

그가 입고 있는 새카만 무복은 무복이라기보다는 상복을 연상시켰고, 왼 가슴에는 모용세가의 상징이 새겨져 있었다.

이성민은 깊이 가라앉은 중년인의 두 눈을 보고 그의 수준을 가늠했다.

'남궁세가주보다 강하다.'

세간의 평가와는 달랐다. 이성민은 꾸벅 머리를 숙였다.

"백검학 대협을 만나게 되어 영광입니다."

"반박귀진을 완성했군."

모용세가주. 백검학 모용대운은 이성민을 바라보며 중얼거렸다.

"나로서도 꿰뚫어 볼 수가 없어. 자네는…… 대단한 고수로군. 문파에 소속되어 있나?"

"떠돌이일 뿐입니다."

"그런가?"

모용대운은 깊이 가라앉은 눈으로 이성민을 응시했다.

마치 이성민의 수준을 파악하려는 것처럼.

본래 모용대운의 실력이라면 이성민을 꿰뚫어 보는 것은 불가능했으나, 이성민은 어느 정도 자신의 실력을 내비쳤다. 물론 전부를 보여주지는 않았다.

모용대운의 실력보다는 약하게. 적당한 초절정의 실력으로. 모용대운이 머리를 끄덕거렸다.

"언젠가 기회가 된다면 비무라도 한 번 해봅세."

"영광입니다."

모용대운은 이성민의 수준을 파악한 것에 어느 정도 의심과 긴장을 접어둔 듯했다.

이성민은 모용대운에게 방의 열쇠를 받고 다시 한번 머리를 숙였다.

이성민의 방은 위층이었다. 계단을 올라가던 중, 이성민은 허름한 차림의 남자와 마주쳤다.

외팔이.

"안녕하십니까."

남자가 이를 드러내며 웃더니 살갑게 인사를 전해왔다.

취걸이었다.

"이야기는 건너 들었습니다. 적색 마탑주님의 친구분이시라죠?"

"그렇습니다."

왼팔이 잘리기는 했지만 취걸은 쾌활했다. 팔이 잘리고서 몇 년이나 흘렀으니 외팔이 신세에 제법 익숙해진 것이리라.

취걸은 오른손을 내밀어 이성민에게 악수를 청했다.

"잘 부탁드립니다. 아직 토벌을 위해 출발하지는 않았으니, 그때까지 많이 친해졌으면 좋겠군요."

"저도 잘 부탁드립니다."

취걸이 날이 선 태도를 보이지 않았기에, 이성민도 빙그레 웃어주면서 취걸과 손을 맞잡았다.

악수가 끝나고서 취걸은 이성민을 지나쳐 아래로 내려갔다.

이성민은 내려가는 취걸의 등을 힐긋 보고서 자신의 방으로 올라갔다.

방은 그리 넓지는 않았지만 깨끗했다. 풀어놓을 짐도 딱히 없었기 때문에 이성민은 창가 쪽에 서서 아래를 보았다.

널찍한 뒤뜰이 훤히 보였다. 뒤뜰에는 모용세가의 무복을 입은 남자들이 똑같은 동작으로 검을 휘두르고 있었다.

'합격진이로군.'

생각해 보면 제대로 된 검진을 상대해 본 적은 없다. 진법에 대한 경고는 몇 번인가 들었던 적이 있기는 하다.

아무리 초월지경의 고수라고 해도 뛰어난 진법을 상대한다면 고전하게 된다는 경고.

진법을 내려다보던 이성민은 더 이상 관찰하지 않고 침대에 몸을 뉘었다.

만약 정체가 들통난다 하더라도 이성민은 모용세가와 충돌할 생각은 없었다.

가장 이상적인 것은 역시 정체가 탄로 나지 않고 모든 일이 끝나는 것이지만.

만약에 들키게 된다고 하여도, 충돌하는 일 없이 몸을 뺄 생각이었다.

물론 생각대로만 잘 풀릴 것이라고 과신하고 있는 것은 아니다.

세찬 눈바람 덕에 창문은 텅텅거리는 소리를 냈다. 그런 시끄러움 속에 이성민은 정좌하고 앉아 명상하며 시간을 보냈다.

해가 저물 즈음, 누군가가 문을 두드렸다. 이성민은 감고 있던 눈을 뜨고서 몸을 일으켰다.

"예."

열린 문 너머에는 앳된 얼굴의 소년이 서 있었다.

이성민은 소년의 얼굴이 어쩐지 낯이 익다고 느꼈다.

"누구십니까?"

"모용찬이라고 합니다."

모용세가주의 막내아들이다. 이성민은 살짝 머리를 끄덕거리며 물었다.

"무슨 일이십니까?"

"슬슬 저녁 식사 시간이 되어, 혹시 식사를 하셨나 여쭤보러 왔습니다."

"아직 하지 않았습니다만……?"

"가주님께서 함께 식사를 하지 않겠느냐 물으셨습니다."

그 말에 이성민은 머리를 갸웃거렸다. 같이 밥을 먹자, 는 것은 호의의 표시일 터.

초면인데 식사 자리에 초대한다는 것은…… 앞으로 더 친분을 쌓고 싶다는 뜻일까? 이것을 어떻게 받아들여야 하는 것일까.

이성민은 모용찬의 얼굴을 응시했다.

아끼는 친아들을 직접 보냈다.

잠깐 고민하던 이성민은 머리를 끄덕거렸다. 이런 노골적인 호의를 거절하는 것은 무례한 일일 것이다.

"알겠습니다."

따로 준비할 것은 없었기 때문에 이성민은 방문을 닫고 나왔다. 모용찬은 아직 초절정의 수준에 들지는 못했으나, 가진 자질도 뛰어나고 모용세가의 소공자로서 전폭적인 지원을 받을 테니 이십 대에 초절정에 당연히 입문할 것처럼 느껴졌다.

'모용서진의 동생.'

모용서진에게 특별한 인상을 가지고 있지는 않다. 다만, 남궁희원이 모용서진을 연모하였다는 것 그리고 괜한 누명을 쓰게 되었다는 것이 전부다.

모용찬은 기억 속에 있는 모용서진의 얼굴과 많이 닮아 있었다.

모용세가주인 모용대운에게 자식은 모용서진과 모용찬 둘뿐이다.

모용서진이 죽었으니 이제 남은 것은 모용찬뿐이다. 하나뿐인 아들을 위험할지도 모르는 토벌전에 데리고 왔다는 것은 이 토벌전이 모용세가가 보기에는 그리 위험해 보이지 않는다는 것일까.

모용찬이 이성민을 데리고 간 것은 여관에서 멀지 않은 식당이었다. 모용찬은 식당으로 들어가 계단을 올라갔다.

"무례하다는 생각은 하지 않았나?"

식탁 너머에 앉아 있던 모용대운이 몸을 일으키며 물었다. 그 말에 이성민은 머리를 가로저었다.

"그런 생각은 전혀 하지 않았습니다."

"그렇다면 다행이로군. 헤도르, 이 도시에 온 것은 오랜만이지만, 나는 이 도시에 올 때마다 항상 이 식당에서 식사를 하곤 하네."

모용대운이 인자한 미소를 지으며 말했다.

"음식 맛이 꽤 좋아. 내 딸아이도 이곳의 음식을 제법 좋아했었지."

"……안타까운 일이었지요."

"괜찮네. 벌써 몇 년 전이니까."

모용대운은 그렇게 말하며 머리를 가로저었다. 그렇게 말하는 주제에 그는 여전히 검은 옷을 입고 있었다. 상복 같은 검은 옷을.

모용찬은 모용대운의 옆자리에 앉았고 이성민은 모용대운이 권하는 대로 그의 맞은편에 앉았다.

"초대해 주셔서 감사합니다."

"초대라고 할 것까지야."

이성민의 말에 모용대운이 너털웃음을 흘렸다.

"단순히 말동무가 필요하여 부른 것뿐이네."

말 그대로의 의미라고는 생각하지 않는다. 말동무라면 이성민을 제하고도 얼마든지 있을 것 아닌가.

이성민은 주변을 둘러보았다. 모용세가의 무사들이 식사를 하고 있었다. 취걸을 비롯한 다른 무림맹의 무사들은 보이지 않는다.

'뭘 바라는 걸까.'

음식이 나왔다. 화려하지는 않지만 정갈한 음식들이었다. 식사가 시작되었다. 말동무가 필요하여 불렀다지만, 모용대운은 식사하는 동안 이성민에게 말을 걸지 않았다.

"이거야 원."

식사 도중, 모용대운이 헛웃음을 흘렸다.

"그러고 보니 자네의 이름도 묻지 않았군."

"이민철이라고 합니다."

이성민은 미리 생각해 두었던 가명을 말했다. 그 말에 모용대운은 잠깐 침묵하였다. 이민철이라는 이름에 대해 떠올리는 모양이었다.

"처음 들어보는 이름이군."

"소문이 날 법한 행동은 하지 않았으니까요."

"그 정도 실력의 고수라면 소문이 나지 않을 수가 없었을 텐데?"

"가진 재능이 대단하지 않아 대부분의 세월을 무공을 단련하며 지냈습니다. 그러던 중에 우연히 스칼렛 님과 만나 인연을 맺었지요."

"재능이 대단하지 않다…… 그 말은 솔직히 믿음이 잘 안 가는군. 자네 나이가 몇이지?"

"이제 스물일곱입니다."

"그 나이에 초절정 고수가 되었다면 결코 재능이 부족하지 않아. 평생 무공을 단련해도 초절정에 들지 못하는 이들이 수두룩하지 않나."

모용대운이 크크 웃으며 말했다.

"솔직히 말하지. 나는 자네에게 무척이나 관심이 있고 또 욕심을 갖고 있네."

"욕심…… 말입니까?"

"만약 나에게…… 다른 딸이 있었다면 자네와 혼인하게 했을 정도로 말이야."

그 말에 이성민은 무슨 표정을 지어야 할지에 대해 고민했다.

"하지만 애석하게도 나에게는 딸이 없지. 아들 하나만 남았을 뿐이야."

"……음. 아직 혼인 생각은 없습니다만."

위지호연이 죽이려 들 것이다.

"그만큼 자네가 욕심이 나는 인재라는 것일세. 소속된 문파도 없으니 더욱 욕심이 나는 것이지. 초절정 고수라는 것이 이 세상에 제법 많기는 하지만, 그렇다고 무시 받을 정도는 아니지 않나? 특히나 자네는 아직 이십 대니까 가능성이 무궁무진해."

"높이 평가해 주셔서 감사합니다."

"사실을 말하는 것뿐일세. 그래서 욕심이 나는 것이야. 모용세가의 식객이 될 생각은 없나?"

모용대운이 넌지시 물었다. 그 말에 이성민은 잠깐 주저하다가 머리를 가로저었다.

"아직은 어딘가에 정착할 마음이 없습니다."

"아쉽군, 정말 아쉬워. 혹시라도 생각이 바뀐다면 모용세가를 방문해 주게. 자네라면 최상의 대우를 해줄 테니까 말이야."

그렇게 말하는 모용대운은 진심이었다.

"아니면, 내 핏줄은 아니어도 모용세가 내에는 모용씨를 가진 여아들이 많아. 외모가 출중한 아이들도 많지."

"괜찮습니다."

"하하! 너무 칼같이 거절하는 것 아닌가? 그래도 말만이라도 하게 해주게. 혹시 모르지 않나, 모용세가의 아이 중에서 자네의 마음이 동할 만한 아이가 있을지도."

"……나중에 기회가 된다면 모용세가를 방문하도록 하겠습니다."

이대로 간다면 모용대운이 태도를 굽힐 것 같지 않았기 때문에, 이성민은 한발 물러서서 모용대운의 말을 받아주었다.

그러자 모용대운이 즐거운 미소를 지었다.

식사를 끝내고서, 이성민은 모용찬과 함께 식당을 나섰다.

바로 건너편이 여관이니까 데려다줄 필요는 없다고 말했지만, 모용대운은 굳이 자신의 아들을 보내어 이성민을 배웅하게 만들었다.

그 나름대로 호의와 친분을 노골적으로 표현하려는 것이리라.

"가주님의 말은 깊이 생각하지 않으셔도 됩니다."

식당을 나섰을 때, 모용찬이 말했다. 이성민은 쓰게 웃으며 머리를 끄덕거렸다.

"짓궂은 농담을 즐기시는군요."

"농담으로 하신 말은 아니겠지만…… 누님의 죽음 이후로 가주님은 많이 변하셨습니다. 언제나 검은 옷을 입으시고, 억지로 웃음을 지으시고."

가주이기 전에 친아버지이기에, 모용찬은 씁쓸한 표정을 지었다.

열다섯이라는 나이에 그다지 어울리지 않는 표정이었다.

"모용공자는 왜 이곳에 온 겁니까?"

"예?"

내심 궁금했던 것에 대해 묻자 모용찬이 눈을 동그랗게 뜨고 이성민을 보았다.

"이 토벌전. 제법 위험할지도 모른다는 이야기를 들었습니다만……."

"제 한 몸 지킬 무공은 가지고 있습니다."

이성민의 말에 모용찬이 정색하고서 대답했다. 아무래도 이성민이 한 말을 잘못 이해한 듯했다.

나이에 맞지 않게 성숙하다고는 해도, 대뜸 자존심을 세우는 면을 보면 열다섯처럼 느껴지긴 했다. 이성민은 머리를 가로저었다.

"모용공자의 실력이 부족하다 하는 것이 아닙니다. 다만, 위험할지도 모르지 않습니까. 모용서진과 제갈공자 때의 비극도 있었고."

"……그렇다고 귀창이 이곳에 있는 것은 아니지 않습니까? 만약 귀창이 눈앞에 나타난다면 저는 귀창을 죽여 버리고 말 것입니다."

[잘도 그러겠다.]

허주가 이죽거렸다.

"그리고 이 토벌전은 그리 위험하지 않을 것입니다. 모인 사람들도 많으니 흑마법사 하나는 어렵잖게 죽일 수 있겠지요."

"……그렇습니까?"

모용찬이 덧붙이는 말에 이성민은 머리를 살짝 끄덕거렸다. 저들은 김종현을 우습게 보고 있다.

하긴, 우습게 보일만도 할 것이다. 토벌을 위해 모인 세력만 해도 마법병단에 무림맹, 모용세가, 교회, 용병까지 해서 다섯이다.

이미 이 마을에 김종현을 잡기 위해 모인 이들만 해도 수백 명에 달하고 있다.

식당에서 여관까지의 거리는 짧다. 그 얼마 되지 않은 짧은 거리. 여관까지 도착하기 전에 이성민은 걸음을 멈추었다.

모용찬은 갑자기 걸음을 멈춘 이성민을 의아하다는 얼굴로 보았다. 이성민은 아무런 말도 하지 않고서 어두운 골목을 응시했다.

"무슨 일이십니까?"

모용찬이 머리를 갸웃거리며 물었다. 이성민은 골목을 응시하면서 말했다.

"그리 대단한 이야기를 나누는 것도 아닌데. 왜 엿듣고 계십니까?"

그 말에 골목 너머에서 크흠, 하는 헛기침 소리가 들렸다. 여자의 목소리였다.

어둠 속에서 걸어 나온 것은 착 달라붙는 검은 옷을 입은 당아희였다.

당씨세가주의 딸인 독접. 모용찬은 당아희를 보며 놀란 표정을 지었다. 그의 실력으로는 당아희가 모습을 감추고 있다는 것을 파악하지 못했기 때문이다.

"그냥, 밤 산책을 나왔다가."

"밤 산책을 희한하게 하시는군요. 차라리 은신술을 수행하고 계셨다 하지 그러십니까."

"은신술도 수행하고 있었답니다."

이성민이 이죽거리는 말에 당아희가 뻔뻔한 미소를 지으며 말했다. 모용찬이 정색하고서 한 걸음 앞으로 나왔다.

"왜 엿들으신 겁니까?"

"엿들었다고 할 만한 내용도 아니었잖아요? 그리고 뻔히 들리게 말했으면서 뭘 엿들었다는 거예요?"

"그건……."

"모용세가 쪽의 볼일은 끝나셨나 보죠?"

당아희는 모용찬에게서 시선을 거두고 이성민을 보았다. 그녀는 고혹적인 미소를 지으며 이성민을 향해 시선을 날렸다.

"식사는 이미 하신 모양이고, 사실 저도 이미 먹었거든요. 밤공기가 좋으니까……."

싸늘한 북쪽의 바람에 눈발이 섞여 있었다.

"어때요? 술이라도 한잔하시는 것이. 마침 저한테 좋은 술이 있거든요."

"아."

좋은 술 하니 떠오른 것이 있었다. 예전에 허주의 보물을 챙겼을 때, 무한한 미주가 나온다는 호리병을 챙겨두었던 기억이 났다. 그것을 떠올리자 허주가 발작하여 외쳤다.

[맞아, 호리병! 이 개새끼, 왜 그걸 한 번도 안 쓰는 것이냐?!]

'술 먹을 시간이 없었잖아.'

[술은 없는 시간을 내서라도 마시는 것이다, 이 잡놈아!]

'술 안 마셨다고 그런 욕까지 들어야 하나?'

[닥치고 오늘 밤에는 그 술을 마셔보도록 해라. 나도 술맛 좀 보게!]

이성민은 머릿속에서 날뛰는 허주의 목소리를 외면하면서 머리를 가로저었다.

"저는 술을 마시고 싶은 생각이 없습니다만."

"어머…… 술을 그리 즐기지 않으시나 보죠?"

"예."

왜 쓸데없이 철벽이야? 당아희는 미간을 찡그리면서 이성민을 보았다.

"그래도 한잔하시는 것이 어때요? 처음 만났으니까 친해질 겸."

"술로 친해지는 것은 그리 좋아하지 않습니다."

"이렇게까지 말하는데 그냥 어울려 주시는 게 어때요?"

"죄송합니다."

이성민은 머리를 가로저으며 거절했다. 그 말에 당아희의 어깨가 바르르 떨렸다.

"……그러면 차라도 한잔하죠."

"목이 마르지는 않은데……."

"내가 무슨 말을 하고 싶은 것인지 몰라서 그러시는 건 아니죠?"

"알죠. 저랑 친해지고 싶다는 것 아닙니까."

"아는데 왜 그래요?"

"당소저가 왜 저와 친해지고 싶어 하는지 잘 모르겠습니다만."

"관심이 있으니까."

"나한테? 아니면 내가 소속 없는 고수라는 것에?"

이성민이 웃으며 묻자 당아희의 말문이 막혔다.

4장
헤도르(2)

"……둘 다인데요?"

당아희가 헛기침을 하며 대답했다.

"솔직히 욕심이 나잖아요. 당신은 초절정의 고수고 소속된 곳도 없어요. 그래서 조금 의심이 가기는 해요. 당신 같은 고수가 갑자기 솟아날 리는 없다고 생각하니까."

"그래서?"

"하지만 의심은 의심이고 욕심은 욕심이잖아요? 그래서 모용세가나 다른 곳이 먼저 침 발라놓기 전에 내가 확실하게 침을 바를 생각이었죠."

당아희는 솔직하게 말했다. 뻔뻔할 정도의 솔직함이었다. 그 말에 이성민은 너털웃음을 흘렸다.

"그러니 너무 싫다고 밀어내지는 말아요. 당신은 나를 잘 모르잖아요? 내 별호야 워낙에 유명하겠지만."

당아희가 미소를 지으며 말했다.

당신이 오줌싸개라는 것은 알지. 이성민은 그런 생각을 하며 머리를 가로저었다.

"그렇다고 지금 당장 술이나 차를 마시고 싶지는 않군요."

"아쉽네요. 같이 놀면 재미있을 텐데."

당아희가 유혹을 가득 담은 시선을 보냈다. 이성민이야 아무렇지 않게 받아넘겼지만, 곁에 있던 모용찬의 얼굴이 새빨갛게 달아올랐다.

그는 몸에 착 달라붙는 당아희의 복장과 은근히 굴곡을 강조하는 몸동작을 보지 않으려 애쓰면서 시선을 피했다.

"언젠가 기회가 있겠지요."

[잡아먹어달라고 발악을 하는군. 안 먹을 거냐?]

'안 먹어.'

[왜? 소천마가 신경 쓰여서? 흐흐, 소천마도 말하지 않았느냐. 다른 여자를 안아도 상관은 없다고.]

'위지호연이 그렇게 말했다고 해서 내가 주는 대로 다 받아먹는 것도 웃기지 않나?'

[새끼. 다른 건 주는 대로 잘 받아먹더니 이상한 것에 편식을 하는군.]

'내가 뭘 받아먹었다고?'

[무공 받아먹고, 요력 받아먹고, 기연 받아먹고, 새끼야. 잘 받아 처먹었잖느냐.]

묵직한 팩트에 이성민은 반박하지 못했다. 그는 허주의 말을 무시하고서 자신이 묵고 있는 여관을 눈짓으로 가리켰다.

"밤바람이 차군요. 이만 들어가 보겠습니다."

"혹시 고자는 아니죠?"

"뜬금없이 뭐라는 겁니까."

"아뇨, 그냥. 궁금해서 물어봤어요."

당아희는 그렇게 투덜거리면서 모용찬을 힐긋 보았다.

곁눈질로 당아희를 훔쳐보던 모용찬은 그녀의 시선이 자신을 향하자 정색하고서 아무 일도 없었다는 표정을 지었다.

당아희는 그런 모용찬을 향해 풋 하고 웃음을 터뜨렸다.

"아깝네, 모용공자. 나이가 좀만 더 많았으면, 이 누나가 잘 놀아 줬을 텐데……."

"그, 그게 무슨……!"

"이상한 생각을 하는 것은 아니죠? 응큼한 생각이라던가."

"하지 않았습니다!"

"흐훙, 뭐 상상은 자유니깐."

당아희는 그렇게 말하며 보란 듯이 혓바닥을 내밀었다. 그리곤 미련 없이 홱 하고 몸을 돌렸다.

이성민은 당아희가 골목 너머로 사라지는 것을 확인하고서 자신의 방으로 돌아왔다.

[술 먹자.]

허주가 졸라댔지만, 이성민은 그 말을 무시했다.

술을 마시고 싶은 기분이 아니라는 것은 사실이었기 때문이다. 이성민은 검은 무복을 입은 모용대운을 떠올렸다.

딸을 잃은 아비가 어떤 기분일까? 이성민은 그 기분이 어떤 것일지 쉬이 상상할 수가 없었다.

'원망하고 있겠지.'

귀창을 만나면 죽여버리겠다고. 그렇게 말하던 모용찬의 모습을 떠올린다. 그 말에 위협을 느낀 것은 아니었으나, 그의 원한은 느낄 수 있었다.

이성민은 쓰게 웃었다. 마음 같아서는 자신이 한 것이 아니라고 밝히고 싶다.

하지만 증거가 없다. 여기서 귀창임을 밝히고, 모용서진의 죽음에 얽히지 않았음을 말해 봐야 모용대운이나 모용찬이 그 말을 믿어 줄 리가 없다.

모용서진이 귀창에게 죽었다고 밝힌 것은 무림맹이다.

사마련주의 제자인 이성민이 억울하다고 말해봤자 무림맹에 엮여 있는 모용세가는 그 말을 믿지 않을 것이다.

다음 날, 이성민은 여관을 나왔다. 스칼렛을 찾아가 토벌의 일정에 관해 묻기 위해서였다. 이미 충분한 세력이 모였지만, 용병들은 아직 도착하지 않았다.

"용병들이 도착하면 바로 출발할 거야."

생각했던 대로, 스칼렛은 그렇게 답해 주었다.

"마법사 길드와 용병 길드는 꽤 친하니까. 그래서 용병왕에게 도움을 청해 보았는데, 용병왕이 거절했어."

스칼렛이 아쉽다는 표정을 지으며 말했다. 용병왕이라는 말에 이성민의 뺨이 살짝 굳었다. 용병왕이라면 천외천의 육존자 중 하나인 도존이다.

'왜 안 오는 것인지 알겠군.'

이곳은 북쪽. 뱀파이어 퀸인 혈혹의 제니엘라가 다스리는 영역이다.

천외천과 프레데터는 오랜 시간 적대하고 있었으니, 아무리 육존자 중 도존인 용병왕이라고 해도 감히 북쪽에 올 생각을 하지 못하는 것이리라.

어쩌면 그들도 제니엘라와 김종현 사이에 무언가가 있음을 눈치챈 것일지도 모른다.

검왕조차도 제니엘라와 비교하면 어린아이 수준인데 검왕보다 약한 도존이 제니엘라와 대적할지도 모르는 상황에 몸을 던지지는 않을 것이다.

'도존은 이곳에 오지 않아. 아쉽다고 생각해야 하나?'

만약에 용병왕, 도존이 이곳에 직접 왔더라면 이성민은 기회를 봐서 도존을 죽일 생각이었다.

어차피 천외천과는 척을 졌다. 그렇다면 기회가 있을 때 이쪽에서 먼저 쳐야 한다.

지금의 이성민은 일 년 전, 엘프의 숲에서 싸웠던 검존을 압도할 수 있는 실력을 갖추고 있었다.

일 년 동안 사마련주의 밑에서 해온 수행은 이성민을 그런 괴물로 만들어 놓았다.

당장 사마련주가 말하지 않았나. 흑룡협의 실력은 파악되지 않았으니 논외로 둔다 해도, 천외천 내에서 창왕이나 월후, 무신을 제외하고서는 이성민을 죽일 수 있는 이가 없다고.

이성민 스스로도 그것을 알았기에 도존이 오지 않는다는 것이 아쉽게 느껴졌다.

도존으로서는 다행인 일일 것이다. 만약 왔다면, 그는 살아서 돌아가지 못했을 테니까.

"용병왕이 오지 않는다면 누가 오는 겁니까?"

"마법사 길드와 연줄을 트고 싶은 용병단은 넘쳐나. 의뢰를 넣으니 대형 용병단 중 몇 개가 러브콜을 보냈지. 이곳에서 제일 가까운 곳에 있던 용병단으로 골랐는데…… 매드독이라는 이름이야. 알아?"

"압니다."

전생에 용병으로 살았던 탓에, 이성민은 용병단에 대해서는 잘 알고 있었다. 매드독에 대해서도 들어 본 적이 있었다.

북쪽에서 주로 활동하는 용병단으로 인간뿐만이 아니라 수인을 비롯한 다양한 아인들이 섞여 있다.

초절정 고수인 SSS급 용병부터 시작해서 실력이 뛰어난 용병들이 많기에 용병단의 격은 꽤 높았지만.

"소문이 꽤 좋지 않은 곳으로 압니다만."

"우리가 잡아야 할 놈의 소문이 더 안 좋아. 질이 나쁜 놈들이라는 것은 들었지만…… 상대는 수천 명을 학살한 미친놈이라고. 개새끼 잡는데 개새끼 쓰는 것이 나쁜 일이라고는 생각 안 해."

스칼렛은 표정 하나 바꾸지 않고 말했다. 그 말에 이성민은 어느 정도 공감했다.

질 나쁜 소문을 가지고 있는 놈들이기는 하지만 매드독 용병단의 실력이 뛰어난 것은 사실이니까.

"사실 이 토벌전에서 용병들은 큰 비중이 없어."

스칼렛이 말했다.

"굳이 비중을 둔다면야…… 대신 죽는 것 정도?"

"그렇겠죠."

이성민도 머리를 끄덕거렸다. 아무리 뛰어난 용병단이라고 해도 어린 시절부터 무공을 익히며 단련해 온 무림세가나 무림맹의 병력에 비하자면 급수가 딸린다.

물론 용병단 내에서도 실력이 뛰어난 용병이 있기야 하겠지만, 절정 고수만 되어도 용병 세계에서는 S급 이상의 등급을 받으며 대우를 받는다.

그에 대해서는 이번 의뢰에 지원한 매드독 용병단도 알고 있을 것이다.

자신들의 처지가 대부분은 마법병단이 마법을 펼치기 전, 시간을 끄는 역할이거나 선봉에 서서 대신 죽는 역할이라는 것을.

총알받이 신세이지만 그를 알면서도 지원할 만큼 마법사 길드와의 연줄이 매력적인 것뿐이다.

그 후 이틀. 이성민은 모용찬을 통해서 모용대운과 매일 함께 저녁 식사를 했다.

처음 저녁 식사를 함께할 때, 언젠가 모용세가를 방문하겠다고 구두로나마 약속한 것이 잘 먹혀들어간 덕분인지.

모용대운은 더 이상 이성민에게 과한 것을 권하지 않았다.

정말로 말동무가 필요해서 부른 것처럼 식사를 하며 가벼운 대화를 나눌 뿐이다.

물론 그것이 전부는 아닐 것이다. 어떻게든 호의적인 모습을 보여 두어 친분을 만들고 싶은 것이겠지.

노골적으로 그런 입장을 보이는 것은 당아희도 마찬가지였다.

그녀는 매일, 이성민이 식사를 끝내고 돌아갈 때마다 골목에서 나와 말을 걸었다. 술이나 차 한잔하자는 이야기.

당아희의 옷차림은 매일 변했다. 조금 더 노골적으로, 과하게. 덕분에 모용찬은 당아희를 볼 때마다 얼굴이 터질 듯이 붉게 변해갔지만, 이성민은 당아희의 유혹에 아무 감정도 느끼지 못했다.

[고자새끼.]

'지조가 있는 것이라고 하지 그러냐.'

[사내새끼의 지조만큼 값싼 것도 없다.]

허주는 투덜거림이 늘었다. 호리병의 술을 먹어달라고 몇 번이나 말하는데, 그럴 때마다 이성민이 그럴 기분이 아니라면서 거절한 탓이었다.

[쌍놈의 새끼.]

사실 이성민도 호리병의 술맛이 궁금하기는 했지만, 허주를 놀리는 재미가 있어서 일부러 먹지 않고 있었다.

매드독 용병단이 헤도르에 도착했다.

백 명으로 이루어진 매드독 용병단이 헤도르의 성문을 지날 때, 이성민은 성문 근처로 나가 그들이 오는 것을 보았다.

맞이하고 싶은 생각보다는 매드독 용병단을 한번 보고 싶다는 것이 이유의 전부였다.

매드독 용병단의 단장인 도베르만은, 아무래도 진짜 이름은 아니겠지만…… 도베르만이라는 이름에 어울리는 생김새를 가지고 있었다.

그는 키가 크고 날렵하게 생긴 흑인이었고 날카롭게 찢어진 눈매가 매서웠다. SSS급 용병. 초절정의 수준이었지만 이성민이 보기에는 그저 그랬다.

도베르만의 뒤에는 마찬가지로 개의 종을 이름으로 삼은 용병단원들이 있었다.

대충 지은 것 같지는 않았다. 불독이라는 이름을 쓰는 놈은 정말 불독처럼 생겼고, 허스키를 이름으로 쓰는 놈은 정말 허스키처럼 생겼다.

[개판이군.]

이성민도 동감했다.

도베르만과 불독, 허스키는 즉시 마법사 길드가 거점으로 삼은 여관으로 향했다.

매드독 용병단이 도착했다는 소식을 전해 들은 무림맹과 모용세가, 교회 쪽에서도 대표라고 할 수 있는 사람들이 마법사 길드의 거점에 모였다.

김종현을 토벌하기 위한 본격적인 이야기를 나누기 위해서였다.

스칼렛은 함께 들어가도 상관은 없다고 했지만, 이성민은 머리를 가로저어 거절했다. 굳이 그럴 필요가 없다고 생각했기 때문이었다.

저녁까지 이어진 회의가 끝이 났다. 이성민은 사람들이 여관을 나오는 것을 확인하고서 스칼렛을 찾아갔다.

"어떻게 되었습니까?"

"사흘 후야."

스칼렛은 짜증스런 얼굴이었다.

"매드독 측에서 여독을 풀겠답시고 시간을 요구했거든. 뭐, 김종현은 아직 도망치지 않았으니까…… 그냥 도망쳐 주면 좋겠다만."

스칼렛이 투덜거렸다.

"어쨌든, 사흘 후에 김종현이 숨어 있는 숲으로 향하기로 했어."

"김종현도 바보는 아니니까, 토벌대를 맞이하기 위한 준비를 했을 겁니다."

"그리고 우리는 그런 김종현을 잡아 죽이기 위한 준비를 했지. 마법사 길드와 마법병단이 이 도시에서 가만히 죽치고 있었던 것은 아니야."

그렇게 말은 하였지만, 스칼렛은 그리 의욕이 있어 보이지는 않았다.

"……위험하지는 않을 거야. 괜찮아, 나 혼자만 있는 것도 아니니까. 그래도…… 이상한 기분이야. 느낌이 안 좋다고."

"아무 일 없을 겁니다."

불안함을 내비치는 스칼렛을 향해 이성민은 힘 있는 목소리로 말했다.

"스칼렛 님에게 아무 일이 없게 하기 위해서 제가 왔으니까요. 다른 사람들은 몰라도 스칼렛 님은 안전할 겁니다."

"그런 말 들으니까 괜히 더 불안한 것 있지."

붉은 머리카락을 배배 꼬며, 스칼렛이 낮은 웃음을 흘렸다.

"……그래도 믿을게. 하지만 말이야. 그런 일은 없겠지만, 만약에 정말 위험한 상황인데…… 나 때문에 네가 위험한 상황이 된다면……."

"그런 이야기는 하지 말죠."

이성민이 스칼렛의 말을 가로막았다.

"말이 씨가 된다고들 하잖아요."

이성민의 말에 스칼렛이 풋 하고 웃음을 터뜨렸다.

"오래도 기다리게 하는군."

토벌대가 헤도르를 떠났다.

그 소문을 듣고서 김종현은 낮은 목소리로 투덜거렸다. 이 숲에 똬리를 틀고서 한 달이 다 되어 가는데 이제야 토벌대가 출발할 줄이야.

'쓸데없이 신중하군. 그만큼 나를 높게 평가한 건가?'

아니면 내가 가지고 있는 그리모어를? 김종현은 피식 웃으면서 곁에 둥둥 떠 있는 그리모어를 보았다.

시커먼 색의 마도서가 불길한 빛을 뿜는다. 김종현은 애정을 듬뿍 담은 눈으로 그리모어를 보고서, 머리를 돌려 아래를 보았다.

깊게 판 구덩이에는 오천에 달하는 심장이 쌓여 있었다. 적출한 지 시간이 꽤 지났음에도 심장은 조금도 썩지 않았다.

아직 의식은 시작하지 않았다. 토벌대가 이 숲에 들어온 순간이야말로 그리모어의 의식이 시작되는 순간이다.

성공할 가능성은 희박했지만, 그럼에도 김종현은 그 순간을 기대하고 있었다.

만약에 실패한다면? 어쩔 수 없는 일이다. 그렇게 된다면 몸을 빼고, 대체 왜 실패한 것인지 나름대로 분석하고서, 실패 요인의 보강이 끝나면 다시 한번 의식을 시도해 보면 된다.

어차피 김종현은 잃을 것이 없었다. 흑색 마탑주? 세간의 평판? 그에게 있어서는 아무 의미가 없는 것들이다.

'나흘 정도 걸리겠군.'

이미 준비는 되어 있다. 그렇지만 김종현은 나흘 동안 다시 한번 이 숲에 설치해 놓은 것들을 점검해 볼 생각이었다.

나 따위를 잡기 위해 과분할 정도로 많은 준비를 해주셨으니, 그만큼 이쪽에서도 공을 들여야 하지 않겠나. 김종현은 로브 사락을 끌며 숲의 어둠 속으로 사라졌다.

어둠 속에서 무엇인지 알 수 없는 짐승의 울음소리가 울렸다.

모용세가의 무인 50, 무림맹이 70, 마법병단이 60에 적색 마탑주, 녹색 마탑주, 백색 마탑주, 금색 마탑주. 교회의 성기사와 신관들이 100이고 매드독 용병단이 200.

김종현 하나를 토벌하기 위해 모인 병력은 500에 달했다.

흑마법사 하나를 토벌하기 위해 이만큼 많은 병력, 그것도 어중이떠중이가 아니라 세상 어디를 가도 인정을 받을 수 있을 만한 이들이 모였다.

이성민은 스칼렛의 곁에서 말을 탔다. 헤도르에서 김종현이 숨어 있는 숲까지는 넉넉히 잡아 나흘이 걸린다.

[오래도 걸렸군.]

헤도르에 도착하고서 일주일이 지나고서야 헤도르를 떠나

게 된 것이다.

생각했던 것보다 출발이 늦기는 했지만, 이성민은 그에 대해서 크게 불만을 갖지는 않았다.

지금 그의 신경은 모조리 스칼렛에게 향해 있었다.

이성민의 곁에서 말을 타는 스칼렛은 불만스러운 표정이었다. 그녀는 이 토벌 자체가 마음에 들지 않았고, 녹색 마탑주와의 약속이 없었더라면 토벌전에 참가조차 하지 않았을 것이다.

[그래서. 뭔가 알아내셨습니까?]

[뻔히 알면서 묻지 마요.]

이 토벌전에 참가한 것은 무림맹의 백결무혼단(白潔武魂團)이다.

백결무혼단의 단주를 맡은 취걸은 뒤쪽에서 말을 타고 오는 이성민을 의식하며 당아희에게 전음을 보냈다.

취걸의 전음에 당아희가 미간을 찡그리며 취걸을 흘겨보았다.

[자존심도 버리고 노골적으로 굴었는데, 눈 하나 깜빡 안 하던걸요.]

[결국 아무것도 알아내지 못했다는 뜻이로군.]

[내 잘못이라고 할 생각은 아니죠? 나는 최선을 다했어요. 참 이상하단 말이야. 유별난 취향을 가지고 있는 것이 아니라면 내 유혹에 넘어가지 않을 리가 없는데……]

스스로의 미모에 꽤나 자부심을 가지고 있는 당아희였기에 거듭된 유혹과 청에도 이성민이 넘어오지 않은 이유를 이해할 수가 없었다.

[어쩌면 동성애자나 소아성애자 아닐까요?]

[나한테 그걸 왜 물어보는 겁니까?]

[대답해 달라고 물어본 것은 아니에요. 나도 자존심이 상하니까 투덜거리는 것뿐이지. 그래서, 취걸. 당신은 뭘 알아냈죠?]

[아무것도 알아내지 못했습니다.]

당아희의 질문에 취걸이 뻔뻔스러운 얼굴로 대답했다.

그 대답에 당아희는 순간 말문이 막혀서 취걸을 바라보았다. 취걸은 그녀의 시선에 어깨를 으쓱거리며 답했다.

[아무것도 알아내지 못했다는 것이 제가 알아낸 정보입니다.]

[그게 뭔 개소리에요?]

[이민철.]

취걸이 이성민의 가명을 불렀다.

[나이는 스물일곱. 사문은 없고, 출신지가 어디인지도 모릅니다. 무공은 중급 이상의 초절정으로 추측되는데 이것도 제대로 파악이 되지 않았지요.]

취걸은 그렇게 말하면서 자신의 손을 쥐었다 폈다. 이성민과 처음 만났을 때 악수를 나누었던 손이었다.

[맨손을 쓰는 무공은 아닙니다. 무기를 사용하는 것은 틀림없어요.]

[내 은신술도 쉽게 간파했어요.]

당아희가 덧붙였다.

[그 정도 실력을 가진 고수가 아예 알려지지 않았다는 것이 이해가 안 됩니다. 이민철, 그 사람에 대해서 개방의 정보망을 사용하여 알아봤는데…… 정말 아무것도 없습니다. 그나마 건진 것은 그가 헤도르보다 더 북쪽에서 남하해 왔다는 것뿐이지요.]

[더 북쪽?]

[정확한 위치는 파악되지 않았습니다. 하지만…… 추측되는 곳은 트라비아입니다.]

취걸은 그런 추측을 말하며 눈썹을 찡그렸다. 개방의 거지들은 에리아 전역에 퍼져 있지만, 그런 거지들이라도 건드릴 수 없는 땅이 있다.

뱀파이어 퀸이 다스리는 북쪽 트라비아. 요괴가 들끓는 남쪽 지역에서도 개방의 거지들은 활동하고 있지만, 트라비아만큼은 개방의 거지가 활동하지 못한다.

너무 많은 거지가 죽었기 때문이다. 혈천마의 몰락 이후로 트라비아에서 치안은 완전히 사라졌고 몇십 년 동안 활동하지 않던 뱀파이어 퀸이 다시 활동을 시작했다.

그녀의 명을 따르는 뱀파이어들은 밤이면 밤마다 개방의 거지들을 습격해 물어 죽였다.

굳이 뱀파이어들만이 거지들을 죽인 것은 아니다. 그 미쳐버린 도시에는 온갖 흉악한 마인들과 범죄자들이 기어 들어왔고 개방의 거지들은 그들에게 있어서 즐거운 사냥감이었다.

트라비아에서 거지들에게 개방의 후광이 작용하지 않는다는 것을 깨달은 후로 거지들은 매일같이 죽어나가 결국 개방은 트라비아에서 완전히 철수할 수밖에 없게 되었다.

[아주 묘하지 않습니까. 소문 하나 없던 초절정 고수가, 뱀파이어 퀸이 다스리는 트라비아에서 남하해 이 도시에 왔고…… 토벌대에 참가했습니다. 그리고 이 토벌대가 사냥하려는 것은 흑마법사 김종현. 확정되지는 않았지만, 뱀파이어 퀸의 영역인 북쪽에서 일을 벌이는 것으로 보아…… 뱀파이어 퀸과 모종의 관계가 있는 것이 아닐까 추측되고 있지요.]

[……그 말은. 이민철이 배신할지도 모른다는 것인가요?]

[그럴 가능성도 없지는 않다고 생각됩니다. 이민철, 저 남자가 김종현을 돕기 위해 뱀파이어 퀸이 보낸 사람일 수도 있을 겁니다.]

[그렇다면 당장 죽여야 하는 것 아닌가요?]

[확신이 없지 않습니까. 약간의 가능성만을 두고서 그를 죽이는 것은 너무 섣부른 일입니다.]

[확신이 없다고 해서 가만히 내버려 둘 수도 없는 노릇 아닌가요? 취걸. 당신의 추측에 대해 아는 사람은 더 없나요?]

[저 역시 확신을 가지고 있지 않기에 아직 아무에게도 말하지 않았습니다.]

[너무 무르잖아……! 당장 다른 사람들에게 알려야 해요. 이민철이 뱀파이어 퀸이 보낸 사자일지도 모른다고!]

당아희가 취걸을 노려보았다.

취걸은 잠깐 동안 생각에 잠겼다. 당아희의 말은 옳다. 의심이 간다면 그만한 행동을 취해야 한다.

그럼에도 취걸이 하지 않고 있는 것은 독박을 쓰고 싶지 않았기 때문이다.

[이민철은 적색 마탑주와 친분이 있습니다.]

[적색 마탑주도 첩자일지도 모른다는 건가요?]

[글쎄요…… 가능성이 없지는 않을 것이라 봅니다만.]

[교회는 어때요?]

당아희가 눈을 빛내며 묻는다. 제법 머리를 쓴 모양이다. 뱀파이어 퀸의 사자일지도 모르니 자문을 구하기 위해서는 교회의 도움을 받는 것이 가장 빠르다.

마침 이곳에는 토벌대에 지원 온 교회의 성기사와 신관들이 있다.

[제가 다녀오겠어요.]

당아희가 성급히 움직임을 보였다. 미혹의 숲에서 죽을 뻔한 이후로 당아희는 자신의 안전을 위해서라면 필사적이게 되었다.

취걸은 말을 끌어 교회 쪽으로 향하는 당아희의 등을 지그시 보았다.

취걸은 무엇 하나 확신하지 않았다. 그럴 가능성이 있다, 라면서 애매하게 말을 흘리기만 했을 뿐.

그것으로 충분하다. 미련한 당씨세가의 아가씨가 마음대로 확대해석하고 움직이는 것뿐이다.

대뜸 교회의 성기사들을 찾아간 당아희는 이번 토벌전에서 성기사들을 이끌고 있는 성기사단장을 찾아가 취걸에게 들은 이야기들을 알려 주었다.

차이점이 있다면 취걸이 '그럴 가능성이 있다'라고 한 것과는 다르게 당아희는 틀림없이 그럴 것이라며 확신에 가득 차 있었을 뿐이다.

석고상처럼 각진 얼굴을 한 성기사단장은 당아희의 말을 헛소리로 치부하지 않았다.

모든 이야기를 듣고 나서 성기사단장은 직접 고위 사제를 이끌고 말을 타고서 이성민 쪽으로 다가왔다.

[뭐야?]

다가오는 성기사단장과 고위사제를 보고서 허주가 투덜거렸다. 이성민도 머리를 갸웃거리며 다가오는 둘을 보았다. 이성민의 곁에 있던 스칼렛이 입을 열었다.

"무슨 일인가요?"

"잠시 확인할 것이 있습니다."

성기사단장이 질문에 답했다. 갑작스러운 일에 토벌대의 움직임이 멈추었다. 스칼렛은 눈가를 찡그리며 다시 질문했다.

"뭘 확인하겠다는 것이죠?"

"저 남자가 뱀파이어 퀸이 보낸 사자일지도 모른다는 정보가 있습니다."

성기사단장은 그것을 알려준 것이 당아희라는 것을 밝히지 않았다.

그 나름대로 당아희를 배려한 것이었다. 스칼렛은 성기사단장의 말에 어이가 없다는 표정을 지으며 내뱉었다.

"그게 뭔 개소리예요? 뱀파이어 퀸의 첩자? 지금 이…… 민철이가 뱀파이어일지도 모른다는 건가요?"

"그렇다면 저희가 알아차리지 못할 리가 없겠지요."

성기사단장이 대답했다. 그는 이성민을 힐긋 보며 말했다.

"하지만. 뱀파이어가 아니라고 해서 뱀파이어 퀸의 사자가 아니리라는 보장은 없습니다. 뱀파이어 퀸이 가진 강력한 매혹은 굳건한 신앙자마저 무너뜨릴 수 있을 정도이니, 아무리 뛰어난 고수라고 해도 그 괴물에게 매혹된 꼭두각시가 아니리라는 보장은 없지요."

"말도 안 되는 소리 하지 말아요."

"정말 결백하다면 저희가 확인해 보아도 문제가 없지 않겠습니까. 만약 저희에게 착오가 있었던 것이라면, 제가 직접 머리를 숙여 사과하도록 하겠습니다."

성기사단장이 말했다. 이성민은 오가는 이야기를 들으며 침묵했다. 잠깐의 침묵 끝에 이성민이 입을 열었다.

"근거는 무엇입니까?"

"당신은 그 어디에도 소문이 나지 않았던 인물이지요. 물론 그것이 의심의 전부는 아닙니다. 의심하게 된 이유는…… 당신이 트라비아에서 남하해 왔기 때문이지요."

그 말에 이성민의 눈썹이 찡그려졌다.

"나는 뱀파이어 퀸에게 매혹되지 않았습니다."

"그런 말은 누구나 할 수 있을 겁니다."

성기사단장이 곧바로 말을 받았다.

[일이 귀찮아졌군.]

허주가 중얼거린다. 성기사단장과 고위사제는 이성민을 바라보며 그의 반응을 기다리고 있었다. 이성민은 천천히 머리를 끄덕거렸다.

"어떻게 확인하시겠다는 겁니까?"

"마법적인 절차입니다."

"해보시지요."

여기서 거절할 수는 없는 노릇이다. 이성민은 우선 머리를 끄덕거리며 동의했다.

그러자 고위사제가 앞으로 나서더니 손을 들어 올렸다. 그의 손에 눈부신 백색 빛이 어렸다.

[들키겠군.]

허주가 말했다.

[디스펠이다. 마법을 무효화하는 신성 마법이지. 네가 뒤집어쓰고 있는 인피면구도 마법이 가미된 것이니, 디스펠이 네 몸에 닿는다면 가면의 마법이 풀려 네 맨 얼굴이 드러나게 될 것이다.]

[그렇겠지.]

이성민은 동요하지 않았다. 정체가 들킬지도 모른다는 생각은 언제나 하고 있었다.

이성민은 곁에 선 스칼렛을 힐긋 보았다. 스칼렛의 눈동자가 가늘게 떨리고 있었다. 그녀 역시 고위사제의 디스펠이 어떤 마법인지 잘 알고 있었고, 저 마법이 펼쳐질 때에 이성민의 정체가 드러난다는 사실을 알고 있었다.

"어쩔 수 없군."

이성민은 작은 목소리로 중얼거렸다. 디스펠이 펼쳐지려는 순간이었다.

이성민의 몸이 빠르게 움직였다.

그는 바로 곁에 있는 스칼렛의 등 뒤로 돌아가 자비 없이 스칼렛의 뒷목을 내리쳤다.

"윽?!"

아무리 스칼렛이 뛰어난 마법사라고 하여도, 설마 이성민이 자신을 공격할 것이라고는 상상도 하지 못했을 것이다.

이성민은 기절해 축 늘어진 스칼렛의 몸을 붙들고서 수도를 세워 그녀의 목덜미에 갖다 댔다.

갑작스러운 이성민의 행동에 성기사단장을 비롯한 모두의 얼굴이 굳었다.

이성민의 행동은 직접 말하지는 않았어도, 자신이 뱀파이어 퀸의 사자라는 것을 증명하는 것과 다름없었기 때문이다.

"역시……! 뱀파이어 퀸의!"

"아니야."

이성민은 무덤덤한 목소리로 말하며 손을 들어 올렸다. 이성민의 얼굴을 덮고 있던 가면이 천천히 벗겨졌다.

"헉……!"

당아희가 가장 먼저 이성민의 얼굴을 알아보았다.

"귀창……?!"

그 외침에 모용대운의 얼굴이 악귀처럼 일그러졌다.

다른 사람들이 말릴 틈도 없었다.

모용대운은 즉시 말 위에서 공중으로 도약했다. 무위를 과시하듯 허공답보를 펼치며 하늘을 뛴 모용대운이 이성민 쪽으로 떨어진다.

이성민은 붙들고 있던 스칼렛의 몸을 놓지 않고 내공을 일으켰다.

꽈앙!

모용대운이 내리찍은 일검과 이성민의 내력이 충돌했다.

일검으로 베어내지 못함을 파악한 모용대운이 공중제비를 돌며 땅 위로 떨어졌다.

이성민은 모용대운의 검에 그리 위협은 느끼지 못하였으나, 일단 스칼렛을 제압하여 붙잡고 있었기 때문에 몇 걸음 뒤로 물러서서 거리를 벌렸다.

"귀창……!"

모용대운이 일그러진 얼굴로 이성민의 별호를 내뱉었다.

아까까지만 하여도 모용대운은 이성민에게 호의를 보이고 있었으나, 그것은 이성민이 귀창임을 알지 못했기 때문에 지었던 표정이었다.

이성민이 딸의 원수라는 것을 알게 된 모용대운은 여태까지와는 전혀 다른 표정과 진한 살기를 내보이고 있었다.

"성급하게 행동하지 마십시오."

이성민은 모용대운에게 경고했다.

마탑주들을 비롯한 마법사들은 당황한 기색이 역력했다. 사실 마법사 길드가 귀창을 적대할 이유는 없었다.

특히나 당황한 것은 금색 마탑주인 로이드였다. 그는 이전에 이성민에게 목숨을 구원받은 적이 있었고, 그에 대한 보답으로 이성민의 부탁을 무조건 한 번 들어주겠다고 맹세까지 한 몸이었다.

게다가 그의 스승인 엔비루스와 이성민 사이에 모종의 관계가 있음을 알고 있기 때문에 행동에 제약을 가지고 있었다.

'맙소사.'

당황한 것은 취걸도 마찬가지였다. 그는 이성민을 수상하게 여겼고, 당아희를 충동질하여 교회를 움직이게 만들었다.

하지만 그렇다고 해서 이성민이 귀창임을 의심한 것은 아니다.

모용세가의 무사들과 무림맹의 무사들이 바쁘게 움직였다. 교회나 마법사, 용병 길드는 이성민을 직접적으로 적대할 이유가 없다.

하지만 무림맹과 모용세가는 다르다. 철갑신창이 이성민에게 죽었던 것은 이제는 큰 명분이 되지 못한다.

사마련주, 마황 양일천. 사파제일인의 후계자가 귀창 이성민이라는 것은 이미 에리아 전역에 퍼진 소문이다.

긴 세월 대적해 온 사마련의 후계자가 홀몸으로 이곳에 와 있다는 것은 무림맹에 있어서는 다시 없을 기회이기도 했다.

"……귀창."

취걸이 앞으로 나섰다. 백결무혼단의 단주를 맡은 것이 그였기 때문이었다.

"설마 이곳에서 만나게 될 줄은 몰랐소만. 왜 이곳에 온 것이오?"

"내가 솔직히 말한다고 해서 믿을 겁니까?"

이성민은 쓰게 웃으며 취걸에게 물었다. 취걸은 그 말에 답하지 않았다. 당아희는 얼굴이 하얗게 질려서 몇 걸음 물러서고 있었다.

미혹의 숲에서의 일이 떠오르며 그녀의 다리가 파들거리며 떨렸다.

적어도 이곳에 있는 모든 이들 중에서 당아희만이 이성민이 얼마나 강한지 두 눈으로 직접 본 적이 있었다.

물론 지금의 이성민은 그때 당아희의 앞에서 보여주었던 무위보다 훨씬 강해져 있었다.

"혼자서 온 것 같은데……"

취걸은 거친 호흡을 고르는 모용대운을 힐긋 보며 말을 이었다.

[우선 진정하십시오.]

취걸이 모용대운에게 전음을 보냈다. 이성민의 손안에 적색마탑주가 있음을 상기시키기 위해서였다.

검을 잡고 있는 모용대운의 손에 핏줄이 돋았다.

"대체 무슨 자신감으로 온 것이오? 아니, 그보다 대체 어떻게 이곳에 올 수 있었던 거요? 사마련에서 이곳까지는 아무리 빨라도 몇 달은 족히 걸릴 텐데……?"

"그 이유에 대해서 내가 설명할 필요는 없을 것 같군요. 그리고 자신감, 자신감이라……"

이성민은 주변을 쓱 둘러보며 말했다.

"혼자 와서, 만약 일이 잘못된다고 하여도 살아 돌아갈 자신이 있었으니까…… 예. 그래서 혼자 온 겁니다."

"놈!"

이성민의 대답에 모용대운이 고함을 질렀다. 취걸은 그런 모용대운을 진정시키며 말했다.

"그럴 자신이 있다고 한 주제에 왜 적색 마탑주님을 포로로 잡은 겁니까?"

"놓아 드리죠."

이성민은 로이드 쪽을 힐긋 보았다. 이성민과 시선이 마주친 로이드의 어깨가 움찔 떨렸다. 격공섭물로 붕 떠오른 스칼렛의 몸이 로이드를 향해 날아갔다.

[부탁을 하나 들어주겠다고 하셨었죠.]

들려 온 전음에 로이드의 표정이 굳었다.

[스칼렛 님이 저로 인해 난처해지지 않도록 도와주십시오.]

대답은 필요 없다. 로이드는 부탁을 들어주겠노라 맹세를 했었고, 이성민이 스칼렛의 안전을 부탁한 이상 로이드는 어떻게든 스칼렛이 무사할 수 있도록 행동해야만 했다.

로이드는 양손을 들어 날아오는 스칼렛을 받았다.

이성민이 빈손이 된 순간이었다.

여태까지 참고 있던 모용대운이 땅을 박찼다. 그에게 백검학이라는 별호를 붙여 준 검이 모용세가 비전의 검로를 따라 이성민을 덮쳤다.

모용대운은 남궁세가주인 천존검왕보다 뛰어난 검수였으나 그렇다고 해서 그의 검이 이성민을 위협할 수 있을 정도로 날카로운 것은 아니었다.

이성민은 창조차 뽑지 않고 손을 휘둘렀다.

까앙!

둔탁한 소리와 함께 모용대운의 검이 밀려났다.

"내 딸을!"

손목이 부러질 듯 아파 왔으나 모용대운은 멈추지 않았다.

그는 피를 토하는 심정으로 외치며 억지로 검로를 뒤틀었다. 그 한스러운 외침에 이성민은 씁쓸한 표정을 지었다.

정수리로 떨어지는 검. 맞대응하여도 얼마든지 박살 낼 수 있었으나 이성민은 질풍신뢰를 사용해 모용대운의 앞에서 모습을 감추었다.

모용대운은 갑자기 사라진 이성민의 기척에 당황하였으나 즉시 몸을 비틀어 사방으로 검강을 날렸다.

그것은 주변 사람들의 안위를 생각하지 않는 위험한 공격이었으나 딸의 원수를 만났다는 사실이 모용대운의 이성을 마비시켜 버렸다.

"진정하십시오."

모용대운의 등 뒤에서 나타난 이성민은 그렇게 말하며 손을 들어 올렸다.

파직!

전류가 튀면서 그의 손에서 자색 강기가 그물의 형태로 넓게 뿌려졌다. 그것은 사방으로 튀어나간 모용대운의 검강을 모조리 붙잡았다.

"닥쳐라!"

[나는 모용서진을 죽이지 않았습니다.]

이성민은 모용대운에게 전음을 보냈다. 하지만 당연하게도, 모용대운은 이성민의 말을 듣지 않았다.

오히려 그는 더욱 발광하며 이성민을 죽이기 위해 검을 휘둘렀다.

살기와 원한을 가득 담은 그 검이 이성민이 보기에는 별것 아니게 보인다는 것이 안타까운 사실이었다.

[말을 안 들으시는군.]

이성민은 모용대운에게 전음을 보내며 양손을 들었다. 전류를 내포한 강기가 이성민의 양손을 뒤덮었다.

창을 쓸 필요도 없었다. 모용대운이 휘두르는 검로의 중간에 이성민의 손이 끼어들었다.

빙글 돌아간 손이 검날과 충돌했을 때, 강렬한 검강에 휘감겨 있던 모용대운의 검이 산산 조각났다.

이성민은 한 발을 앞으로 내밀며 텅 빈 모용대운의 가슴팍에 손을 휘둘렀다.

빠아악!

모용대운이 검은 피를 뿜으며 뒤로 날아갔다. 딸의 원한을 갚기 위해 덤벼들었다고는 해도 수준의 차이가 너무 많이 났다.

모용대운이 제대로 힘도 쓰지 못하고 나뒹구는 것을 보며 취걸을 비롯한 무림맹 무사들은 넋이 나간 얼굴이 되었다.

모용대운은 이곳에 있는 무림인 중에서 가장 뛰어난 실력을 지닌 장본인이었는데, 그런 모용대운이 너무나도 쉽사리 제압되어 버린 탓이었다.

"아버지!"

어린 모용찬의 비명과 함께 모용세가의 무사들이 덤벼들었다.

그들은 이미 승산이 없음을 알았으나 그렇다고 해서 겁을 먹고 물러서지는 않았다. 이성민은 달려드는 모용세가의 무사들을 보며 오른발을 들어 올렸다.

쿠웅!

이성민이 발로 땅을 내리찍자 지진이라도 난 것처럼 대지가 요동쳤다.

동시에 이성민은 드래곤의 프레셔를 풀어냈다. 뒤흔들리는 땅 위에서 균형을 잃었던 모용세가의 무사들은 짓누르는 위압감에 숨을 쉬지 못하고 그대로 주저앉아 버렸다.

'말도 안 돼. 무슨 인간이……?'

몇 걸음 뒤로 물러선 취걸의 얼굴이 하얗게 질렸다.

던전에서의 만남 이후로 꽤 시간이 흐르기는 했지만 귀창의 무위는 그 당시와는 비교가 안 되었다.

존재만으로 공포감을 전염시키는 귀창이 자신과 같은 인간이라는 것이 믿기지가 않을 정도였다.

[안 죽였습니다.]

이성민은 주저앉아 있는 모용찬에게 전음을 보냈다. 여기까지다. 이성민은 적당히 한 뒤에 몸을 뺄 생각이었다.

[가주님이 제 말을 들어주지 않아서 모용공자, 당신에게 말해 두는데…… 나는 당신의 누이를 죽이지 않았습니다. 제갈태령도 마찬가지고.]

"뭔 소리를……"

[믿지 않는 것은 당신의 자유지만. 이것은 알아두십시오. 나는 당신들을 전부 죽일 수 있지만, 죽이지 않는 겁니다. 무슨 말인지 알겠

습니까?]

이성민은 그렇게 말하며 쓰러진 모용대운 쪽을 힐긋 보았다.

[내가 당신들에게 자비를 베풀었다는 겁니다.]

그 말을 남기고서 이성민은 땅을 박찼다.

취걸이 뭐라고 고함을 질렀지만, 마법사 길드의 마법사들은 어찌 반응하지 못하였다.

그들로서는 김종현 토벌을 앞둔 상황에서 이성민과 다툼을 벌이고 싶지 않았던 탓이다.

[이대로 떠날 셈이냐?]

'아니.'

허주의 질문에 이성민은 머리를 가로저었다.

'우선 이곳을 떠나 상황을 보고, 토벌대의 뒤를 따를 생각이야.'

[저 빨간 머리 계집이 걱정되나 보군.]

'그녀가 위험하지 않게 하기 위해 이곳에 온 것이니까.'

그 대답에 허주가 낄낄거리며 웃었다.

[아마 꽤 핍박받을 것 같은데. 어찌 되었든, 저 마법사는 너와 관련되어 있으니까.]

'마법사 길드는 나를 공격하지 않았어. 나와 그리 싸우고 싶지 않을 테니까 말이야. 로이드 님에게 부탁해 두었으니, 나로 인해 스칼렛 님이 위험해지지는 않을 거야.'

그리고 이런 상황을 대비해, 스칼렛에게 미리 말을 해두기도 했다.

만약 이성민의 정체가 드러나게 되고, 스칼렛이 핍박받게 된다면. 의리를 따지지 말고 모든 것을 솔직하게 밝혀 두라고.

'개새끼. 뭐 이리 세게 때린 거야?'

스칼렛은 이성민의 말을 잊지 않았다. 신관에 의해 정신을 차린 그녀는 자신을 빙 둘러싸고 있는 마탑주들과 모용세가주, 취걸 등을 보며 상황을 파악했다.

"무사히 도망쳤나 보죠?"

"이 마녀!"

모용대운이 고함을 질렀다. 그 외침에 스칼렛은 시큰둥한 표정을 지었다.

"내가 마녀라는 것이 뭐가 그리 새삼스러운 일이라고."

스칼렛은 그렇게 중얼거린 뒤에, 누가 묻지도 않았는데 이성민과 자신의 모든 관계에 대해 털어놓았다.

쉬지 않고 쏘아대는 스칼렛의 말에 역정을 내었던 모용대운조차도 당황해 버렸다.

므쉬의 산에서부터 시작한 이성민과의 인연과 도와달라고 말도 하지 않았는데 마음대로 도와주러 왔다는 지금 상황까지.

그것을 모조리 털어놓고 나서, 스칼렛은 뻔뻔한 표정을 지으며 모용대운을 바라보았다.

"따로 궁금한 것이라도?"

"어……."

말문이 막힌 모용대운은 입술을 뻐끔거렸다. 그런 모용대운을 대신해서 녹색 마탑주가 나섰다.

"왜 말하지 않은 것이냐?"

"나 도와주겠다고, 위험할지도 모르는데 여기까지 온 녀석을 당신들한테 팔아넘기라고? 나를 뭐로 보는 거예요?"

"그 말과 지금 네 태도가 모순된다고 생각하지는 않으냐?"

"전혀! 녀석은 무사히 탈출했고, 나는 여기 남아버렸으니까. 이렇게 된 이상 내 목숨을 챙겨야 하지 않겠어요?"

"왜 귀창과 함께 도망치지 않은 겁니까?"

취걸이 질문했다. 그 말에 스칼렛은 이를 빠득 갈면서 녹색 마탑주를 노려 보았다.

"나는 이 토벌전에 참가해야만 하거든요. 나라고 해서 이 병신 같은 토벌 지랄을 하고 싶었겠어요? 이 짓 하느니 내 공방에서 마법 연구나 하고 말지! 어쩔 수 없는 상황이니까 나는 여기에 있는 거고, 성민이 녀석도 그걸 아니까 나를 두고 간 거예요."

"끌끌! 그렇구나, 다 말한 모양이로군. 네가 그 꼬맹이와 함께 탈출했다가는 맹세를 어긴 대가로 죽어버렸을 게다."

"될 생각 없으니까 닥쳐요."

스칼렛이 신랄한 어조로 쏘아붙였음에도 녹색 마탑주는 껄껄 웃기만 했다. 한동안 침묵하고 있던 교회의 성기사단장이 앞으로 나섰다.

"이철민의 정체가 귀창이었다고 해도 그가 뱀파이어 퀸의 사자가 아니라는 것이 증명된 것은 아닙니다."

"그래서?"

스칼렛은 삐딱하니 머리를 세워 성기사단장을 노려 보았다. 성기사단장은 싸늘한 눈으로 스칼렛을 내려 보며 말했다.

"적색 마탑주. 당신도 뱀파이어 퀸과 모종의 관계가 있는 것 아닙니까?"

"무턱대고 사람 의심하는 짓 좀 하지 말죠?"

"그럴 가능성이 있을지도 모르지 않습니까?"

"그래서. 나한테 추궁이라도 하시겠다?"

"필요하다면."

"고문도 하시려고?"

"역시, 필요하다면."

성기사단장이 뒤로 물러서지 않고 말했다. 그 말에 결국 로이드가 헛기침을 하면서 나설 수밖에 없었다.

"그만하시오."

"뭘 말입니까?"

"그러니까…… 적색 마탑주를 핍박하지 말란 말이오."

"당신이 왜 그녀를 보호하는 겁니까?"

성기사단장이 의문스러운 표정을 지으며 물었다.

로이드는 난감한 부탁을 남기고 떠난 이성민을 떠올리면서 한숨을 푹 내쉬었다.

5장
의식(1)

추궁 끝에 로이드는 자신과 이성민의 관계에 대해 털어놓을 수밖에 없었다.

로이드의 이야기가 끝나고, 모두가 아연실색할 수밖에 없었다.

여기서 스칼렛을 위협했다가는 로이드가 이성민의 부탁을 들어주지 못하게 되는 것이고, 그렇게 된다면 로이드는 마나의 맹세에 의해 목숨을 잃게 된다.

"꼬였군."

녹색 마탑주가 헛웃음을 흘리며 투덜거렸다.

다른 마법사라면 몰라도 금색 마탑주인 로이드의 목숨이 걸린 일이다.

로이드를 위해서라도 스칼렛을 위협할 수는 없다.

모든 상황을 파악한 스칼렛은 기고만장한 미소를 지으며 성기사단장을 보았다.

"어쩌시겠어요?"

"……음."

성기사단장이 미간을 찡그렸다. 그로서도 지금 상황에서 스칼렛을 어찌할 수 없다는 것은 이해하고 있었다.

결국 그는 스칼렛을 매섭게 노려본 뒤에 몸을 돌려 버렸다.

스칼렛은 멀어지는 성기사단장을 보며 비웃음을 흘렸다.

[아마도. 귀창은 다시 나타날 겁니다.]

틀림없이. 취걸은 그 말을 굳이 하지는 않았다.

[무림맹과 모용세가가 있다는 것을 알면서도, 그는 적색 마탑주를 구하기 위해 이곳에 왔습니다. 일이 틀어져 정체가 탄로 나기는 하였으나 적색 마탑주가 이곳에 있으니…… 그녀를 위해서라면 다시 모습을 드러낼 수밖에 없겠지요.]

[그렇겠지.]

취걸의 전음을 들으며 모용대운은 머리를 끄덕거렸다.

그는 이성민에게 얻어맞은 가슴을 어루만지며 미간을 찡그렸다.

그 일격으로. 이성민은 모용대운을 죽일 수 있었으나, 죽이지 않았다. 모용대운은 그 사실을 잘 알고 있었다.

[귀창은…… 초절정의 경지를 뛰어넘었네.]

[그가 초월지경에 들어섰다는 말입니까?]

[그렇지 않고서야 나를 이렇게 쉽게 상대할 수 있을 리가 없지.]

모용대운이 씁쓸한 어조로 말했다. 인정하고 싶지 않은 일이었으나, 취걸도 이성민이 초월지경에 도달했음을 인정할 수밖에 없었다.

그는 기세만으로 좌중을 제압하고 유유히 이곳에서 탈출했다. 그 압도적인 무위는 초절정의 경지에서는 절대로 불가능한 일이다.

'귀창이…… 맹주 흑룡협이나 무당의 검선과 같은 경지에 도달했다는 것인가?'

그것은 취걸로 하여금 복잡한 기분을 느끼게 하였다.

그는 이성민을 그리 좋아하지는 않았다. 사실 원한이랄 것도 없었다. 질투. 취걸은 굳어버린 자신의 뺨을 어루만지며 눈을 가늘게 떴다.

귀창이 이곳에서 모습을 드러내리라고는 상상도 하지 못했기 때문에, 전력은 너무나도 부족했다.

흑마법사 하나를 죽이기에는 충분한 전력일지 몰라도 초월지경의 고수를 잡기에는 부족하다.

'그래도 좋은 사실을 알게 되었군.'

적색 마탑주.

취걸은 스칼렛을 힐긋 보았다.

스칼렛과 이성민의 관계를 알게 된 것은 큰 성과다. 스칼렛을 붙잡고, 그녀가 팔찌에 도움을 요청하게 한다면, 귀창은 움직일 수밖에 없게 된다.

'묵섬광도.'

백소고를 떠올리며 취걸은 애달픈 감정을 느꼈다.

백소고를 그런 식으로 떠나보내게 된 후로, 취걸은 계속해서 백소고의 행방을 쫓아 왔다.

하지만 백소고가 므쉬의 산에 들어간 이후로는 그녀의 행방을 알 수가 없게 되었다.

'적색 마탑주를 잡는다면 그 둘을 동시에 꾀어낼 수 있다.'

백소고를 다시 만나고 싶다는 개인적인 욕심을 제쳐 두고서라도 귀창을 불러낼 수 있는 수단을 알게 된 것은 큰 성과다.

취걸은 품 안에 손을 집어넣어 자그마한 수정구슬을 꺼냈다.

장거리 연락을 위한 마법 아티펙트로써, 이 수정구는 헤도르의 개방 분파와 연결되어 있다. 이 정도 거리라면 무리 없이 통신이 가능하다.

취걸은 이번에 파악하게 된 정보를 수정구를 통해 전달했다. 이 이야기는 개방 분파와 분파를 거쳐 무림맹으로까지 전달될 것이다.

늦어봐야 내일이면 귀창이 이곳에 나타났다는 사실과 그와 관련된 정보들을 무림맹이 알게 될 것이다.

'토벌전 도중에 귀창이 나타날 텐데.'

취걸은 모용대운을 힐긋 보았다.

이번에는 귀창이 자비를 베풀어주었지만, 다음에도 귀창이 자비를 베풀어줄 것이라는 보장은 없다.

만약 상황이 틀어진다면 몸을 빼야겠군. 취걸은 그렇게 생각을 정리했다.

모용찬은 이성민이 떠나기 전에 남기고 간 말을 곱씹었다. 나는 네 누이를 죽이지 않았다.

물론 모용찬은 그 말을 믿지 않았으나, 자비를 베풀어 이번에 모두를 죽이지 않았다는 말만큼은 믿을 수밖에 없었다.

'왜 죽이지 않은 것이지?'

죽일 기회는 얼마든지 있었을 텐데. 대체 왜? 모용찬은 그런 고민을 하면서, 저녁 식사에 초대할 때마다 난감한 표정을 짓던 이성민을 떠올렸다.

죽이지 않은 이유 따위 모용찬에게 중요하지는 않았다. 그에게 있어서 중요한 것은 이성민이 누이의 원수라는 사실뿐이었다.

무림맹 집무실. 흑룡협은 이번에 들어온 정보에 턱을 어루만졌다.

최근에 그는 이런저런 일로 신경 쓸 일이 많았다.

천외천의 정점에 선 무신이 폐관을 끝냈다는 것도 그가 신경 써야 할 일이었고, 어디에 있는지 파악되지 않았던 사마련주가 하라스에 나타나 다시금 사마련에 군림하기 시작했다는 것도 그가 신경 써야 할 일 중 하나였다.

'이번엔 귀창까지.'

귀창의 처리에 대해서는 지속적으로 천외천에게서 지령을 듣고 있다.

사실 귀창을 죽일 기회야 몇 번이나 있었지만, 이상하게도 천외천은 귀창을 척살하라는 지령을 내리지 않았다.

관찰해라. 그런 애매모호한 지령 하에 귀창을 방조하듯이 내버려 두었으나 무신의 폐관이 끝나면서 귀창에 대한 처분은 달라졌다.

"무림맹에서 척살대를 보낼 필요는 없겠지. 귀창의 처분은 창왕에게 맡기겠다고 무신께서 말하셨으니."

['창왕이 간다면'의 문제입니다만.]

흑룡협의 질문에 영매가 대답했다. 그 말에 흑룡협은 끌끌 웃었다.

무림맹주의 자리에 올라와 있기는 하지만 감투뿐인 자리다. 천외천은 오래전부터 정파 무림의 뒤를 장악해 왔고, 흑룡협이 맹주가 된 것은 천외천이 완전히 정파 무림을 통제하기 시작한 증거였다.

결국 맹주라고 하여도 흑룡협에게 직접적인 결정권은 없다. 무엇이든 천외천을 통해야만 한다.

"창왕은 뭐라고 하였나?"

[창왕이 있는 곳은 북쪽에서 그리 멀지 않은 곳입니다. 창왕도 귀창에게는 많은 관심을 가지고 있고, 귀창이 헤도르 근처에 있다는 것은 전해 두었습니다.]

"그렇다면 이후의 일은 창왕에게 맡기면 되겠군."

[혹시 모르니 무림맹의 척살대를 지원받고 싶습니다만.]

"백결무혼단으로는 부족하려나?"

[그것은 맹주, 당신이 직접 판단해야 하겠지요. 백결무혼단의 단주를 맡고 있는 것은 개방의 취걸 아닙니까?]

"그리 믿음직스러운 놈은 아니야. 머리 좋은 척하려 애쓰는 놈들이 으레 그렇듯이 말이지. 실력도 그리 대단하지 않고. 백결무혼단의 전력이라고 해봐야 초월지경의 귀창을 잡기에는 한참 부족하네."

[그렇다면?]

"척살대를 보내도록 하지. 그런데…… 귀창을 죽이면 사마련주가 움직일 텐데?"

[그렇다고 해서 귀창을 내버려 둘 수도 없는 노릇 아닙니까.]

"무신께서는 소천마를 확보하기 위해 움직인 것으로 아네만. 사마련주가 날뛴다면 누구를 써서 대응하려는가?"

[무신의 외출은 그리 오래 걸리지 않을 것입니다. 그리고…… 만약에 사마련주가 과격한 움직임을 보인다면. 무신께서는 맹주, 당신에게 부탁하라고 미리 말씀을 남겨두었습니다.]

영매의 말에 흑룡협이 껄껄 웃으며 머리를 가로저었다.

"나보고 그 괴물을 상대하라고? 나는 자신이 없는데."

[무신께서 그리 하라 하셨습니다.]

"너무하시는군."

영매의 말에 흑룡협은 작은 목소리로 투덜거렸다.

"적색 마탑주는 어찌하면 좋겠나?"

[혹시 모르는 일이니 확보하면 될 것 같습니다.]

"우선 취걸에게 그리 전해두도록 하지."

그 말을 끝으로, 흑룡협은 수정구를 내려놓았다. 창왕이 움직인다면 귀창은 잡힐 수밖에 없다.

귀창 역시 초월지경의 고수라고는 하여도 창왕과 월후는 육존자 내에서도 특별 취급을 받는 괴물이다.

흑룡협은 창가에 서서 얼굴도 본 적 없는 귀창을 떠올렸다.

'귀창…… 귀창이라.'

그에게는 여러 가지로 미안한 일이 많았지만, 그렇다고 해서 미안하다는 감정을 느끼지는 않는다. 어쩔 수 없는 일이었으니까.

'이번에도.'

이쯤 되면 확실한 운명이라고. 김종현은 그렇게 생각하면서 빙그레 웃어버렸다.

웃음이 나올 수밖에 없었다. 참 이상하게도, 그는 여러 가지로 이성민과 자주 엮여 왔다.

그 모든 만남이 김종현에게 있어서는 거듭된 우연이었고 이제 김종현은 그것이 운명이라고 확신했다.

'당신이 기억하는 전생은 몇 달 전에 끝났어. 아쉬운 일이군. 당신이 알고 있는 전생의 나와 지금의 나를 비교해 보고 싶었는데.'

다를까? 김종현은 그런 고찰을 해보며 머리를 갸웃거렸다. 아마…… 다르지 않을 것이다.

전생의 김종현도, 아마 틀림없이 아르베스를 배신하고 그의 모든 것을 빼앗아 그리모어를 손에 넣었을 테니까.

그리고 이 의식에 매력을 느껴 의식을 준비했을 것이고. 그것은 김종현으로 하여금 묘한 기분을 느끼게 만들었다.

기왕이면 전생의 자신과 다른 자신이 되고 싶었기 때문이었다.

'어쩔 수 없지. 나는 나니까.'

그것이야말로 어쩔 수 없는 사실일 것이다. 김종현은 즐거운 기분으로 어서 토벌대와 이성민이 도착하기를 기다렸다.

이틀. 이틀 뒤에는 이 숲은 온갖 종류의 비명과 피비린내로 가득 차게 될 것이다.

그래, 이틀.

이성민은 적당한 거리를 두고 토벌대의 뒤를 쫓고 있었다. 스칼렛의 안전을 위해서. 아마 토벌대도 이성민이 자신들의 뒤를 쫓고 있다는 것을 알고 있을 것이다.

'당장은 스칼렛 님을 어찌하지 못할 거야.'

금색 마탑주인 로이드가 토벌대에 참가했다는 것이 이성민에게 있어서는 행운이었다.

로이드에게는 미안한 감정이 없잖아 있기는 했지만, 그의 목숨을 담보로 하여 스칼렛의 안전을 확보하는 것에 성공했다.

하지만 김종현의 토벌이 끝난다면 로이드에게 건넨 부탁이 효력을 잃게 된다.

마찬가지로 녹색 마탑주와 스칼렛 사이의 맹세도 효력을 잃게 된다.

무림맹이나 모용세가는 틀림없이 스칼렛을 확보하려 들 것이다.

그녀를 인질로 잡는다면 이성민을 꾀어낼 수 있을 것이라 확신하고 있을 테니까.

'그 전에 움직여야 돼.'

저들이 숲에 도착해 본격적으로 김종현 토벌이 시작된다면 이성민의 난입에 대해 즉각적인 대응은 힘들게 될 것이다.

어떤 형태로든 토벌이 끝나고서 움직이는 것은 늦다. 토벌이 시작될 때에. 그래, 그때.

[차라리 녹색 마탑주라는 늙은이를 때려죽이면 편하지 않았을까?]

허주가 이죽거리며 말했다.

[녹색 마탑주를 죽인다면 그 빨간 머리 계집도 맹세에서 자유를 얻게 된다. 굳이 이렇게 귀찮은 짓을 벌일 필요가 없었다는 말이지.]

'마법사 길드는 나를 적대하지 않아.'

이성민이 말했다.

'하지만 내가 녹색 마탑주를 죽인다면 이야기가 달라지지. 귀찮기는 하지만 이편이 나중에 더 좋을 것이라 생각했어.'

[쓸데없이 적을 안 만들겠다는 거냐?]

'엘프의 숲에서야 그 외에 방법이 마땅치 않았지. 하지만 지금은 다른 방법이 있잖아.'

이성민은 그렇게 대답하면서 육포를 뜯었다.

[그래서. 빨간 머리는 앞으로 어쩔 셈이냐? 데리고 사마련으로 돌아갈 것인가?]

'……문제는 그거야. 나로 인해 스칼렛 님은 앞으로 적색 마탑에 있을 수 없게 되었어.'

마법사 길드가 그녀를 보호해 줄까? 솔직히 그에 대해서는 회의적이다. 무림맹과 마법사 길드는 오랫동안 우호적인 관계를 맺어 왔다.

스칼렛이 아무리 뛰어난 마법사라고 하여도, 마법사 길드는 무림맹과 사이가 틀어지는 것보다는 무림맹에게 스칼렛을 넘기는 것을 택할 것 같았다.

'사마련으로 데리고 가는 수밖에.'

최대한 스칼렛의 뜻을 존중해 줄 생각이기는 했지만, 우선 이성민은 스칼렛을 사마련으로 데려가는 것으로 마음을 잡았다.

이름 없는 숲이다.

하지만 김종현이 한 달이 넘도록 저 숲에 있게 되면서, 숲은 이름을 갖게 되었다.

마왕의 숲. 북쪽의 마왕이라는 별명이 붙은 김종현 덕에 저 숲은 과분한 이름을 갖게 되었다.

북쪽의 끔찍한 날씨 덕에 숲은 숲답지 않게 되었다.

이파리 하나 없이 메마른 나무는 길쭉한 송곳처럼 보였다. 나무의 끝에 삐죽삐죽하니 솟은 나뭇가지들은 가시처럼 보였고, 세찬 바람에 가지들이 흔들리며 귀곡성을 만들어낸다.

흩날리는 눈발이 달라붙어 얼어서 숲은 얼음 나무처럼 하얗게 변해 있었다.

저곳에 김종현이 있다.

로이드의 비호 덕에 스칼렛에게 어떠한 제약이 붙어 있지는 않았다.

하지만 이런 것도 일시적이라는 것을 스칼렛은 잘 알고 있었다. 그녀는 바보가 아니었다. 비록 지금은 자유롭지만, 이것이 영원하지 않다는 것은 잘 안다.

'토벌이 끝날 때까지야.'

그 뒤에는 어떤 식으로든 간섭이 들어오게 된다.

교회나 무림맹. 마법사 길드도 그리 믿고 있지는 않다.

교회와 무림맹이 본격적으로 간섭하려 든다면 마법사 길드는 방패막이가 되어주지 못할 것이다.

'더 마탑주로 있을 수는 없겠지. 아쉽지만…… 어쩔 수 없어.'

스칼렛은 한숨을 삼켰다. 일이 이렇게 된 것에 있어서 이성민을 원망하지는 않는다.

원망하고 싶지도 않았다. 그녀가 가지고 있는 이성민에 대한 원망이라고 해봐야, 자신을 기절시킬 때 너무 세게 때렸다는 것이 전부였다.

그 외에는 마탑을 나간다면 어디로 갈지가 문제일 뿐이다.

'뭐, 알아서 해주겠지.'

사마련주의 후계자라는 것. 스칼렛은 무림에 대해서 잘 알지는 못했지만, 사마련이 정파 무림맹과 함께 에리아 무림을 양분하고 있는 거대 단체라는 것은 알았다.

그 사마련의 후계자가 이성민이니까 마탑을 떠나게 된다고 하여도 묵을 거처 정도는 마련해 줄 것이다.

스칼렛은 적색 마탑주라는 자리에 큰 미련을 가지고 있지는 않았다.

므쉬의 산을 떠날 때에는 마탑주가 되는 것을 목표로 하였지만, 정작 마탑주가 되고서는 실망만 가득 해버렸다.

마탑주가 된다면 마법사 길드에서 소유하고 있는 수준 높은 마법들을 모조리 보게 될 것이라고 생각했었다.

아니었다. 마탑주가 되어봤자 마법사 길드의 모든 마도서를 열람할 수 있게 되는 것은 아니었다.

마법사 길드에서 애지중지하는 마도서들은 열람 불가 딱지가 붙어서 마탑주라고 하여도 마음대로 열람할 수가 없다.

기대와는 너무나도 달랐기 때문에 스칼렛은 마법사 길드 자체에 실망감을 가득 느끼고 있었다.

'내 개인 연구라면 마탑이 아닌 다른 곳에서도 얼마든지 할 수 있어.'

그러니 마탑을 떠나는 것에 미련은 없다. 아니, 지금은 그런 생각을 하지 말자.

일단 살아남는 것이 중요하다.

"앞장서 주십시오."

로이드가 도베르만에게 부탁했다. 말이 부탁이지 명령에 가깝다. 도베르만은 그 사실을 잘 알고 있었지만 거절하지는 않았다.

그는 하얀 이를 드러내며 히죽 웃어 보이고는 몸을 돌렸다. 시츄와 허스키가 도베르만의 뒤를 따랐다.

이 토벌전의 주인공은 매드독 용병단이 아니다. 그들이 해야 할 일은 후방의 마법사를 위한 시간 끌기.

혹은 먼저 죽어줌으로써 마법 트랩이나 숲에 숨어 있는 사역마들을 파악하는 것이다.

도베르만은 그것을 잘 알고 있었다.

손해 보는 장사는 아니다. 이번 토벌로 인해 매드독 용병단의 머릿수는 꽤 줄겠지만, 진짜 실력 있는 용병들은 죽지 않을 것이다.

어디에서나 끌어모아 충당할 수 있는, B급 이하의 그저 그런 용병들이 무더기로 죽어 나가겠지.

상관없다. 매드독 용병단에 들어오고자 하는 용병들은 얼마든지 있다.

그저 그런 쓰레기들을 소모하면서 마법사 길드와 돈독한 관계를 맺을 수 있다면 훨씬 남는 장사다.

도베르만의 명령이 시츄와 허스키를 통해 하달되고, 매드독 용병단이 움직이기 시작했다.

최전방에 선 용병들은 실력에 자신이 없는 이들이 전부였고 김종현이 벌인 끔찍한 일들에 대한 소문 때문에 잔뜩 겁에 질려 있었다.

하지만 도망칠 수는 없었다. 도망친다면 김종현이 죽이기 전에 단장의 검에 목이 날아갈 것을 잘 알았다.

'토벌이 어떤 식으로 끝날지는 모른다. 김종현을 죽이거나…… 아니면 김종현이 도망치거나. 어쩌면 우리가 패배하여 도망치게 될지도 모르지.'

하지만 어떤 형태로든 적색 마탑주는 확보해야만 한다. 그것은 맹주가 직접 내린 명령이다.

마법사 길드의 협조는 얻지 않아도 좋다고 했었지만…… 취걸은 피식 웃었다.

과연 생각처럼 될는지. 귀창은 적색 마탑주를 보호하고 있다. 적색 마탑주를 확보하려고 한다면 귀창과 충돌하게 된다.

'무림맹의 척살단이 출발했다고 하지만 척살단만으로 귀창을 상대할 수가 있을까……?'

솔직히 취걸은 그에 대해서는 조금 회의적이었다. 아니, 신경 쓸 일이 아니다.

그에 대해서는 맹주가 걱정하지 않아도 된다, 라고 못을 박았다. 도대체 무슨 이유로 걱정하지 말라는 것인지 취걸은 잘 알 수가 없었다.

"들어갑시다."

정비가 끝나고서 로이드가 굳은 얼굴로 입을 열었다. 정오가 막 지난 시간이었다. 취걸은 잡념을 내려놓았다. 아직 귀창은 모습을 보이지 않고 있다. 어쩌면 숲 안에서 마주치게 될지도 모르지.

'백 소저의 행방에 대해 알고 있을까?'

취걸은 그런 의문을 품으며 말에서 내려왔다.

토벌대가 숲으로 진입하기 시작했다.

그것을 보며, 이성민은 행동을 준비했다. 숲에 따라 들어가야 한다.

다른 사람은 몰라도 로이드나 스칼렛의 안전은 지키고 싶었다.

미리 숲에 도착해 김종현을 만나볼까 생각도 해보았지만, 굳이 그럴 필요는 없다고 느꼈다.

[음.]

이성민이 움직이려던 순간. 그의 머릿속에서 허주가 짧은 신음을 흘렸다.

허주는 그 외에 다른 경고를 말하지는 않았으나 굳이 그의 말을 기다릴 필요도 없었다.

'그것'은 이성민도 똑같이 느꼈기 때문이었다. 이런 감각을 느끼는 것은 굉장히 오랜만이었다.

최근 들어서 사마련주를 제외하고서는 이성민에게 이런 위압감을 전해 준 상대는 없었다.

이성민은 즉시 몸을 돌렸다.

찌를 듯이 날카로운 위압감이 이성민의 전신을 노리고 있었다. 그를 전하는 대상의 모습은 보이지 않았으나, 이성민은 등 뒤에 두었던 창을 잡고서 몇 걸음 뒤로 물러섰다.

"좋구먼."

낄낄거리는 목소리가 들린다. 먼 곳에서 작은 점이 반짝거리는가 싶더니 확 하고 거리를 좁혀온다.

그 먼 거리를 단숨에 좁혀서 다가온 것은 큰 키의 사내였다. 새카만 머리카락은 위로 질끈 묶어 뒤로 넘겼고, 화려함이 없는 묵색 창을 두 자루 등 뒤에 걸쳤다.

이성민은 남자와 마주 선 순간 강력한 존재감을 느꼈다. 천외천. 이성민의 머릿속에 그 세 글자가 새겨졌다.

"……창왕?"

"낄낄!"

이성민의 질문에 창왕이 낄낄 웃었다. 그는 삼십 대 초반의 외모를 가지고 있었지만, 큼직한 두 눈은 어린아이의 것처럼 순수한 빛을 담아 반짝거리고 있었다.

창왕은 다짜고짜 공격하지 않고 이곳까지 달려오느라 몸에 묻은 먼지들을 손으로 툭툭 털어냈다.

"눈썰미도 제법 있는 모양이구나."

"창을 메고 있다면 창왕뿐이지."

이성민의 대답에 창왕이 함박웃음을 지었다.

천외천의 명령을 받아 오기는 했지만, 창왕은 그 개인적으로도 이성민에게 많은 관심을 가지고 있었다.

천외천에 소속되어 있기는 하지만 그는 천외천의 목표에는 큰 관심을 가지고 있지 않았다.

단지, 경이적일 정도로 강한 무신이 천외천에 있기 때문에,

또 천외천에 있는 것이 다른 초월지경의 고수들과 쉽사리 싸워 볼 수 있기 때문에 스스로 천외천에 속해 있는 것뿐이었다.

"이런 식으로 만나게 되기는 했지만, 만난 것이 반갑구나. 거짓 없는 진심이니 의심하지 마라."

창왕이 웃는 목소리로 말했다. 그런 창왕의 태도에 이성민은 작은 위화감을 느꼈다.

창왕과 만나면 도망쳐라. 검존이 죽기 전에 했던 이야기를 떠올린다. 사마련주도 몇 번이나 말했었다.

천외천에서 무신 외에 창왕과 월후는 조심해야 한다고. 아무리 네가 강해졌다고 해도 창왕과 만나 싸운다면 죽을 수밖에 없노라고.

"……나를 죽이러 온 것 아닌가?"

"뭐라?"

이성민의 질문에 창왕이 머리를 갸웃거렸다.

"나는 검존과 권존을 죽였는데. 그 때문에 나를 죽이러 온 것 아니냐고 물었다."

"그 머저리 병신 둘이 쌍으로 죽은 것이 나와 무슨 상관이라는 것이냐?"

이성민의 질문에 창왕이 되려 어이없다는 표정을 지으며 물었다.

"무(武)에 목숨을 걸고 평생을 무에 매진하였다면, 언젠가 다른 무인과 싸우다 죽게 될 것은 당연한 것 아닌가. 놈들이 연마한 무가 너보다 못했기에 죽은 것뿐이고, 그것은 지극히 당연한 결과였을 뿐이다. 그런데 왜 내가 놈들의 죽음을 이유로 삼아 너를 죽이려 든단 말이냐?"

창왕이 묻자 이성민은 순간 말문이 막혔다. 창왕은 이성민의 침묵에 낄낄 웃었다.

"아, 물론. 무신에게 네 이야기를 듣기는 했다. 한 번 만나보라더구나. 하지만 너를 죽이라는 이야기는 듣지 않았어. 내 마음 가는 대로 하라고 했지."

창왕은 그렇게 말하면서 이성민이 쥐고 있는 창을 힐긋 보았다.

"하지만 말이다. 내 마음 가는 대로 하라고 하기는 하였는데…… 나와 싸운다면 너는 죽게 될 거다. 네 창이 내 창보다 약하다면 그렇게 되는 것이 당연한 것이지."

상황이 좋지 않다.

이성민은 등 뒤를 의식했다. 설마 여기서 창왕과 맞닥뜨리게 될 것이라고는 생각하지 않았다.

정확히 말하자면 우연히 맞닥뜨린 것이 아니라 창왕이 일방적으로 찾아온 것이지만. 어찌 되었든 창왕과 대치하고 있는 지금 이 순간에도, 토벌대는 김종현이 있는 숲으로 들어가고 있다. 이성민의 눈썹이 꿈틀거렸다.

솔직히 말해서 이성민은 창왕과 싸우게 되었을 때, 무사히 몸을 빼낼 수 있으리라는 자신이 없었다.

지금 이렇게 마주하는 순간에도 창왕의 존재감은 날카로운 창이 되어 이성민의 전신을 노리고 있었다.

강하다.

권존이나 검존과는 비교가 안 된다. 사마련주만큼은 아니어도 창왕은 이성민보다 높은 경지에 있는 고수였다.

싸우게 된다면…… 목숨을 걸어야 한다. 목숨을 걸고 싸워도 창왕을 쓰러뜨릴 수 있으리라는 보장은 없다. 직접 싸워봐야 명확하게 알게 되겠지만, 이렇게 마주하고 있는 것만으로도 느끼는 것은 있다.

"뭐 하냐?"

창왕이 재촉했다. 그는 등 뒤에 멘 두 개의 단창 중에서 하나를 뽑아 양손으로 쥐었다.

"그렇게 가만히 서 있는 것으로 내 창을 감당할 자신이 있는 것이냐?"

"지금 당장 싸우고 싶지 않다."

이성민은 빠르게 대답했다. 대뜸 공격하지 않는 것이나 검존과 권존의 죽음을 비웃는 것으로 보아, 창왕은 이성민에게 살의를 품고 있는 것 같지는 않았다.

"어째서?"

“나는 저 숲에 들어가야만 하니까.”

“그렇다면 나를 쓰러뜨리고 가면 되는 것 아니냐.”

창왕이 미간을 찡그리며 말했다.

“나는 너와 겨루기 위해서 이곳까지 쉬지 않고 달려왔다. 잠조차 자지 않았어.”

“그렇다면 당신의 체력이 많이 떨어져 있겠군.”

“그렇지. 네가 나를 쓰러뜨리려면 지금이 유일한 기회일 것이다.”

“아니.”

이성민은 천천히 머리를 가로저었다. 창왕과의 대화를 통해 이성민은 창왕이 어떤 성격을 가진 무인인지 대강 파악할 수 있었다.

“적이라고는 하지만, 나 역시 창의 길을 가는 창수로서. 당신의 창은 존경하기에 충분하다고 생각한다.”

“뭣…….”

“그렇기에 나는 만전이 아닌 당신과 싸워, 당신의 창을 꺾는 비겁자가 되고 싶지 않다. 내가 패배할지도 모른다고는 하지만, 나는 만전의 상태인 당신과, 당신의 창에 정정당당히 맞서고 싶다.”

이성민의 말에 창왕의 입이 반쯤 벌어졌다. 창왕의 어깨가 어떠한 감동으로 인하여 바르르 떨렸다.

"대결은 다음으로 미루지. 나 역시 지금은 만전의 상태가 아니니까…… 신경 써야 할 것이 많은 이상 창로가 흐트러질 수밖에 없어."

"으음!"

이성민의 말에 창왕이 무언가를 깨달았다는 듯이 머리를 끄덕거렸다.

"그렇군…… 확실히 맞는 말이야. 그래. 솔직히 내 상태는 그리 좋지 않다. 너도 신경 써야 할 것이 있는 이상 싸움에 집중할 수는 없겠지……."

"그래."

"알겠…… 다. 싸움은 다음으로 미루도록 하지."

[단순한 놈이로군.]

허주가 비웃는 소리를 냈다.

말은 그렇게 하였지만, 창왕은 아쉬움이 많은 듯했다.

이성민이야 그의 처지를 이해하고 싶지 않았지만, 창왕은 정말로 이성민에 대한 순수한 호기심과 무인으로서의 열망 하나로 이곳까지 왔다.

천외천이나 무신의 명령과는 상관없이, 실력만으로 검존을 패배시킨 창수와 한번 겨뤄보고 싶다는 마음가짐만으로 이곳까지 온 것이다.

그렇기에 창왕은 갈등하고 있었다. 천외천의 뜻과 무신의 명령으로 인해서가 아니라, 여기까지 왔는데 창 한 번 맞대보지 못하고 다음을 기약한다는 것에 대한 아쉬움 때문이었다.

이성민이 창왕을 무시하고 숲으로 향하려는 순간, 창왕은 결국 아랫입술을 잘근 씹으며 이성민을 가로막았다.

"잠깐."

"다음에 싸우자고 하지 않았나?"

창왕이 앞을 가로막자, 이성민은 내심 다급함을 느꼈다.

여기서 창왕에게 붙들려 있을 시간이 없었기 때문이다. 이제 토벌대는 숲으로 완전히 진입하였고, 숲에서 어떤 일이 벌어질지 이성민도 알 수가 없다.

붙들려 있는 사이에 위험한 상황이 발생한다면 평생을 후회하게 될 것이다.

"안다. 하지만……."

서로가 전력으로 싸울 수 있는 상황이 아니다. 저토록 뛰어난 창수를 앞으로 몇 번이나 더 만나게 될지도 모르는 일이기에, 창왕은 마지막이 될지도 모르는 이성민과의 겨룸에 전력을 다하고 싶었다.

또한 그는 이성민의 상황도 어느 정도는 이해해 주고 있었다.

마음속에 잡념이 있다면 싸움에 전력을 쏟을 수 없다는 것을 알았기에. 그는 숲 쪽을 힐긋 보았다.

잠깐의 고민 끝에 창왕은 한숨을 쉬며 앞을 가로막고 있던 몸을 옆으로 옮겼다.

"……가라. 다음에, 서로가 만전을 기할 수 있을 때에. 내가 너를 찾아가도록 하마."

이성민은 머리를 끄덕거리는 것으로 대답을 대신했다. 이번이 처음 만남이기는 했지만, 이성민은 창왕이 여태까지 만났던 천외천의 육존자와는 다르다고 생각했다.

솔직히 호감이 조금 들기도 했다. 같은 창수로서 호기심이 들기도 했고.

지금 생각할 것은 아니다. 이성민은 땅을 박차 창왕과 거리를 벌렸다.

그는 단숨에 숲으로 향했다. 숲과의 거리가 제법 있기는 하였으나 이성민에게 있어서 먼 거리는 아니었다.

순식간에 숲까지 도착한 이성민은 바로 진입하지 않고서 뛰던 몸을 멈춰 숲을 직시했다.

뭐라 말할 수 없는 불길함이 저 깊은 곳에서 꿈틀거리고 있었다. 부는 바람에 메마른 나무들이 흔들리며 귀곡성을 낸다.

이성민은 가볍게 호흡을 고른 뒤에 천천히 숲으로 걸어 들어갔다.

감각이 엉킨다.

가장 먼저 이성민이 느낀 것은 그것이었다. 숲 전체를 휘감은 불길한 기류.

그를 호흡한 순간 전신의 감각이 엉클어지는 느낌이었다. 주변은 깊은 밤처럼 어두워져 있었다.

분명 해가 뜬 낮이었고 이 메마른 숲에는 햇빛을 가로막을 그늘 따위는 어디에도 존재하지 않는다. 그럼에도…… 어둡다.

빛 한 점 없는 어둠 속을 거니는 것처럼 어둡다. 이성민의 안력(眼力)은 어둠조차도 쉽게 꿰뚫을 수 있지만, 그런 그의 눈으로도 어둠을 완전히 꿰뚫을 수 없었다.

소리가 들리지 않는다. 귀를 기울여 봐도 아무 소리가 들리지 않아. 숲을 들어오는 순간 느꼈던 불길한 바람 소리가 조금도 들리지 않는다.

예리해야 할 감각에 아무것도 잡히지 않는다.

'마법.'

김종현은 아직 이 숲에 있다. 그는 도망치지 않고, 토벌대를 기다리고 있었다. 그가 무엇을 노리는 것일까. 그가 준비하는 의식은 무엇을 위한 의식이며, 인간이 아니게 된다는 제니엘라의 말은 무슨 뜻일까.

고민은 길지 않았다. 스칼렛과 만나는 것이 먼저다. 하지만…… 묘하다. 토벌대가 숲에 들어오고서 그리 오랜 시간은 흐르지 않았다.

수백 명이나 되는 병력이다. 아무리 시간 차이가 조금 있었다고 한들, 숲에 들어왔는데 그들의 행방조차 알 수 없다는 것은 이해할 수 없는 일이다.

[이 어르신은 어지간한 것은 다 안다만, 마법에 대해서는 잘 모른다.]

'루비아 님이 그리워지는군.'

이성민은 그렇게 생각하며 주변을 둘러보았다. 인기척은 느껴지지 않는다.

그런 감각이 완전히 차단된 것 같았다. 초월지경에 든 고수의 감각을 이리도 쉽게 차단할 수 있다는 말인가?

아무리 김종현이 뛰어난 흑마법사라고 해도…… 아니, 이 경우에는 김종현의 마법 실력이 아니라, 마법사 길드가 애지중지하였다는 그리모어의 마법이 특별하기 때문인가.

이성민은 자세를 낮추고서 바닥을 살펴보았다. 감각이 차단되었다면 다른 것을 통해 상황을 파악할 수밖에 없다. 얼어붙은 땅 위에는 눈이 조금 쌓여 있었다. 이성민이 주목하는 것은 눈 위에 난 발자국들이었다.

'조금 전에 난 발자국.'

수가 적다. 토벌대의 숫자는 오백 남짓. 그만한 숫자가 만들어낸 발자국이 아니다. 고작해야 열…… 이성민은 천천히 몸을 일으켰다.

주변을 다시 살펴본다. 다른 발자국은 없다. 토벌대는 분명 이 방향으로 숲에 들어왔다. 그런데 그들은 대체 어디로 간 것일까.

[진법이나 술법…… 그런 것 중에서도 이 정도 수준의 현상을 일으킬 것은 존재하지 않아. 이건 이미 인간의 영역을 넘어섰다.]

허주가 경고했다.

그의 말대로였다.

위대한 흑마법사. 두 얼굴의 현자라 불리던 아르베스조차 이 마법을 다룰 수가 없었다.

그가 마법사 길드에서 빼앗아 간 그리모어는 이해의 범주를 벗어난 위대한 마법들이 가득했으나, 정작 아르베스는 그 마법을 사용할 수가 없었다.

그리모어는 흑마법사에게 있어서 치명적인 독이다.

이 마도서에 적힌 마법들은 모든 흑마법사가 꿈에 그릴 정도로 대단한 것들이지만, 그렇다고 해서 모든 흑마법사가 그리모어의 마법을 다룰 수 있는 것은 아니다.

그리모어가 담고 있는 마력은 너무나도 진하고 위험하다. 보통의 흑마법사가 그리모어를 사용한다면 가진 흑마력이 통제를 잃고 폭주하여 자폭할 위험이 크다.

그렇기에 아르베스로서도 쉽사리 그리모어의 마법을 펼치려 들 수가 없었던 것이다.

하지만 김종현은 달랐다. 그렇기에, 김종현은 그리모어가 자신의 것이 되어야 할 운명이라고 확신하고 있었다.

계약한 마왕이 소멸당했기 때문에 김종현은 다른 흑마법사들과는 다르게 마왕과의 계약에서 자유롭다.

또한 그는 마왕의 흑마력을 일부 유입 받아 특별한 존재가 되었다.

그렇기에 그는 그리모어의 마법을 보다 자유롭게 사용할 수가 있었다.

'애초에 이건 인간이 사용하라고 있는 마도서가 아니야.'

김종현은 곁에 떠 있는 그리모어를 보며 생각했다.

'마왕을 위한 마도서다.'

그렇기에 아르베스급의 흑마법사도 사용할 수가 없었다. 하지만 김종현은 사용할 수 있다.

김종현이 아르베스의 모든 것을 자신의 것으로 삼았기 때문이 아니라, 그가 인간이면서도 마왕의 힘을 사용할 수 있기 때문에.

'왜 마왕을 위한 마도서가 이 세계에 있는 것인지는 모르겠지만……'

김종현은 빙그레 웃었다. 삼천 명이다. 토벌대를 상대하기 위한 그리모어의 마법을 펼치기 위해 삼천 명의 혼을 바쳤다.

일곱 개 마을의 학살은 의식의 준비를 위한 심장을 모으기 위해서이기도 했지만, 그리모어의 마법을 펼치기 위해 필요한 혼을 수급하기 위해서이기도 했다. 마법의 제물로 바쳐진 삼천 명의 혼은 윤회하지 못하고 억겁의 세월 동안 고통받겠지만.

김종현이 알 바는 아니었다. 그는 삼천의 혼을 사용해 이 숲을 던전과 흡사하게 만들었다.

던전이란 상식을 벗어난 곳. 이 숲 역시 그러하다. 던전과 완전히 똑같을 정도로 만드는 것은 불가능했지만, 어느 정도 상식에 벗어나게끔 만드는 것에는 성공했다.

숲에 들어온 오백 명의 토벌대는 모두 흩어졌다. 던전에 들어선 순간 마법에 휘말렸고, 같은 입구로 진입했어도 공간을 비틀어 놓아 다른 곳으로 떨어졌다.

김종현은 주변을 둘러 보았다. 그의 주변에는 수십 개의 틈

새가 만들어져 있었고, 그 안에는 숲을 떠돌고 있는 토벌대원들의 모습이 영상이 되어 떠 있었다. 김종현은 그중 하나의 영상에 주목했다.

"역시. 당신도 왔어."

김종현은 영상 속의 이성민을 보며 웃었다.

이렇게 다시 만나게 되는 것도 운명인가. 당신이 가진 운명력에 내가 휘말려 버린 것인가? 아니면 내가 새로운 운명력을 만들어낸 것일까. 알 수 없었다.

필멸자는 절대로 모든 운명을 위에서 내려 볼 수가 없다.

'당신은 스칼렛을 구하기 위해 이곳에 왔지.'

김종현은 시선을 옮겨 다른 영상을 보았다.

용병들과 함께 이동 중인 스칼렛의 모습이 보였다.

본능적으로 알았다. 이 숲은 위험하다. 김종현이 도대체 무슨 수작을 벌여 놓은 것인지는 모르지만, 이 숲은 위험하다.

이곳에 있고 싶지 않다. 도망치고 싶다. 스칼렛은 진심으로 그렇게 생각하고 있었다.

당돌하고 기가 센 그녀였지만, 이 숲의 불길함은 당장에라도 몸을 돌리고 도망치라고 종용하고 있었다.

할 수 있다면 했을 것이다. 빌어먹을 녹색 마탑주를 죽이는 한이 있더라도.

그래. 만약 지금, 그녀의 곁에 녹색 마탑주가 있었더라면. 그녀는 주저 없이 녹색 마탑주를 살해함으로써 그와 한 맹세를 없었던 것으로 만들었을 것이다.

하지만 지금 그녀의 곁에 녹색 마탑주는 없었다. 어쩌면 지금 녹색 마탑주가 살해당했을지도 모르지.

하지만 스칼렛으로서는 그를 확인할 방법이 없다. 녹색 마탑주가 죽었다면 이 숲에서 도망쳐도 문제가 없겠지만, 만약 녹색 마탑주가 살아 있다면. 도망친 그녀는 맹세를 어긴 대가로 죽게 된다.

'좆같아.'

스칼렛은 빠득 이를 갈았다. 그녀로서는 진퇴양난의 상황이다. 도망쳐도 죽고, 계속 있어도…… 죽을 것만 같다.

차라리 주변에 조금 도움이 될 만한 놈들이 있다면 좋을 텐데.

"재수도 없지."

스칼렛은 숨기지 않고 짜증스런 목소리로 내뱉었다. 말해봤자 들리지 않기 때문이다.

스칼렛은 앞쪽에서 걷고 있는 도베르만과 매드독 용병 단원들의 뒤통수를 노려보았다. 숲에 들어선 순간, 새카만 어둠 속에서 정신을 차려 보니 저놈들과 함께 있었다.

이 기묘하기 짝이 없는 어둠 속에서 먼 곳은 거의 보이지 않는다. 마찬가지로 주변의 풍경도 잘 보이지 않는다.

그나마 뚜렷하게 보이는 것은 함께 들어와 같이 있게 된 용병들뿐.

오히려 그것이 더 공포를 불러일으킨다. 거의 아무것도 보이지 않는 어둠 속에서 다른 사람의 모습만이 그나마 뚜렷하게 보인다는 사실이.

"뭘 알고나 가는 거야?"

스칼렛이 높은 목소리로 외쳐 보지만, 그리 먼 곳에 있지도 않은 도베르만과 용병들은 뒤를 돌아보지 않았다.

목소리가 들리지 않기 때문이다. 결국 스칼렛은 한숨을 쉬면서 준비한 마법들을 점검했다.

그녀는 용병들을 믿지 않았다. 매드독 용병단이 다른 용병단과 비교해서 실력이 뛰어나고 단장인 도베르만이 SSS급의 용병이라고 해도. 그렇다고 해서 그들을 신뢰하지는 않는다.

이런 상황. 진정 위급한 상황이 되었을 때, 목숨을 건지기 위해서는 타인에게 기대는 것이 아니라 자기 자신의 힘을 믿어야만 한다.

스칼렛의 마법은 다른 마법사들의 것과 다르다. 그녀가 므쉬의 산에서 초안을 완성한 주문각인 음양도와 기문둔갑에

근본을 두고서 마법을 섞은 것이다.

스칼렛은 므쉬의 산에서 하산한 후로도 계속해서 주문각인을 보강하였고, 그렇게 완성된 주문각인은 그녀에게 적색 마탑주라는 지위를 안겨 주었다.

'이성민…… 그 녀석도 숲에 들어왔을 텐데. 나를 버릴 생각이 아니라면 말이야.'

팔찌를 끊어 볼까? 그런 생각을 한 순간.

소리가 들리지 않는다. 주변이 어둡다. 그런 환경에서, 습격은 잔악한 결과를 낳을 수밖에 없다.

충분히 긴장하고 대비하였음에도 어둠 속에서 튀어나온 짐승의 이빨은 예리하고 쾌속했다.

좌측을 경계하고 있던 매드독의 용병은 이빨에 대응하지 못했다. 사실 대응하기에는 수준이 너무 낮았다.

"으아아악!"

옆구리가 물어뜯긴 B급 용병은 큰 소리로 비명을 질렀으나 듣는 것이 차단된 이 숲에서 비명 소리는 그 혼자밖에 들을 수가 없었다.

튀어 오른 피와 허우적거리는 손짓에 앞쪽을 걷던 도베르만이 홱 하고 몸을 돌렸다.

그보다 뒤쪽에서 걷던 스칼렛은 용병의 몸을 물어뜯는 짐승이 어떤 것인지 확실히 보았다.

콰드득!

턱에 힘을 주어 씹고, 머리를 흔들어 용병의 몸을 바닥에 패대기친다.

용병은 더 이상 비명을 지르지 못하고 죽어버렸다. 절단 난 몸뚱이가 바닥에 널브러졌을 때, 도베르만이 고함을 지르며 커다란 검을 휘둘렀다.

스칼렛도 즉시 마법을 준비했다.

하지만 한 마리가 아니었다.

그들은 듣지 못했지만, 멀지 않은 곳에서 비명 소리가 울리기 시작했으며.

어둠 속에서 짐승의 울음소리가 다가오고 있었다.

숲에서 마견이 튀어나왔을 때, 이성민은 당황하지 않았다.

그는 창조차 뽑지 않고 검지를 들어 달려드는 마수를 향해 가리켰다.

손끝에 파직거리며 전류가 튄다.

일직선으로 쏘아진 자색의 선이 마견의 정수리를 꿰뚫었다.

질긴 가죽, 재생력. 그런 것들은 무의미했다. 흑뢰번천의 강기는 마견의 몸을 완전히 관통하여 축 늘어지게 만들었다.

사방에서 들리는 비명 소리를 이성민은 듣지 못했다. 소리가 들리지 않는다.

튀어나오는 마수들은 이성민에게 위협이 되지 않았다.

그라는 존재는 김종현이 이 숲에 풀어놓은 마수들보다 높은 곳에 있는 절대적인 포식자였다. 이성민이 일으킨 흑뢰번천의 호신강기는 감각이 차단되어 있음에도 그의 몸을 완전히 보호해 주었다.

마견뿐만이 아니다. 흉악한 생김새를 가진 마수들은 그 숫자가 다양했지만 하나같이 포악했다.

그럼에도 접근하지 못한다. 아르베스가 불러들였고, 그가 만들어낸 키메라와 마수들은 이성민이 발견한 순간 그대로 사냥되었다.

하지만 이 숲에 와 있는 토벌대의 전원이 이성민처럼 강한 것은 아니었다.

그들에게 있어서 가장 큰 실책은 이성민과 함께 숲에 오지 못한 것이었다. 그들이 이성민을 의심하지 않고 함께 토벌대로서 이 숲에 왔다면…….

'바뀌는 것은 없었겠지.'

로이드는 호흡을 가다듬으며 미간을 찡그렸다. 들어온 순간

다른 토벌대와 흩어졌다. 이 숲에는 그런 말도 안 되는 마법이 펼쳐져 있었다.

마법이라는 것은 준비만 갖추어진다면 상식 이상의 화력을 만들어낸다.

마법사 길드가 자랑하는 마법병단은 마법이 만들어낼 수 있는 화력을 중점으로 두고서 육성된 전투 마법사들이다.

하지만 이런 상황에서 마법병단의 전투 마법사들은 그리 큰 힘을 내지 못한다.

이 토벌전에 파견된 60명의 전투 마법사들은 서로 마법을 연계하면서 화력을 극대화 시킨다.

전투 마법사들은 토벌이 출발하기 전에 연계 마법들을 준비했다.

하지만 숲에 들어오고 흩어지게 되면서 전투 마법사들은 이점을 잃었다.

이런 상황을 예상하지 못했던 것이다. 김종현이 어떠한 함정을 준비했음은 그들도 알고 있었으나 설마 이런 식의 마법이라고는 상상하지 못했다.

숲 전체의 공간을 비틀어 모두 흩어지게 만들다니. 이건 인간이 사용할 수 있는 마법이 아니다.

그나마 로이드는 상황이 나은 축이었다. 그의 곁에는 녹색 마탑주가 있었고 무림맹의 무사들도 있었다.

랜덤으로 찢어져 흩어진 이 상황에서 믿을 수 있을, 그리고 실력이 보증된 이들과 함께 있을 수 있다는 것은 행운이라고 할 수 있으리라.

하지만 그런 행운을 얻었다고 하여도 어둠 속에서 언제 튀어나올지 모르는 짐승들을 상대하는 것은 쉬운 일이 아니다.

아무리 대마법사라고 하여도 무한한 마력을 갖춘 것이 아니고, 모든 상황에 대응할 만한 마법을 준비하고 있는 것이 아니다.

마법사라는 것은 후방에 위치하여 보호받고, 그동안 준비한 마법을 쏟아붓는 역할이다. 이런 상황 자체가 마법사에게 있어서는 최악의 상황이었다.

'김종현은 마법사다. 마법사를 어떻게 죽여야 할지 잘 알고 있어.'

물론 토벌대 측도 그를 알았기에 그에 대응할 만한 많은 방법을 준비했다. 하지만…… 통하지 않는다.

이렇게 흩어져 버렸으니 서로 연계하는 것도 불가능하다.

기대했던 마법병단의 화력은 발휘되지 않는다. 무림맹과 용병단의 지원을 얻어 전방을 마크할 만한 방패막이를 세웠으나 그들과도 헤어지게 되었다.

로이드는 녹색 마탑주를 힐긋 보았다. 그도 여유로운 미소를 지우고서 불안과 긴장을 담은 표정을 짓고 있었다.

그들과 떨어져 있는 성기사단장은 자신이 지휘하는 성기사들 일부와 마법병단의 일부와 함께 있었다.

마법병단과는 다르게 성기사단장과 성기사들은 두려워하지 않았다. 그들은 굳건한 신앙심으로 공포에 대항했고 튀어나오는 마수와 키메라에 대해 분노했다.

그렇기에 그들의 움직임에는 거리낌이 없었다. 성기사단장이 앞장섰다.

그의 뒤를 따르는 성기사들은 공포에 발이 묶이지 않고 마수들을 향해 고함을 지르며 검을 휘두르고 신성력을 쏟아냈다.

대주교를 비롯한 주교들은 움직이지 않았다. 그들은 무릎을 꿇고 앉았다. 공포에 주저앉은 것은 아니었다.

모여 함께 기도하는 그들을 중심으로 새하얀 빛이 뿜어진다. 이 숲 전체를 휘감은 흑마법을 파훼하기 위함이었다.

취걸은 백결무혼단과 모용가주와 함께 있었다. 그들은 도망칠 생각 따위는 하지 않고 있었다.

모용대운은 이 숲에 들어올 이성민을 찾고 있었고, 다행스럽게도 모용찬은 아버지인 모용대운과 함께 있었다.

취걸은 김종현을 죽이는 것보다는 스칼렛을 찾고 있었다. 무림맹에서 내려온 명령이 스칼렛을 확보하는 것이었기 때문이다.

당아희는.

토벌을 포기하고 도망치려 하고 있었다. 그녀와 함께 있었던 매드독 용병단 간부인 시츄는 방금 전에 죽었다.

그는 뛰어난 실력을 가진 용병이었지만, 어둠 속에서 튀어나온 언데드를 감당하지 못했다.

머리 없는 괴물. 듀라한이다. 놈은 왼손에 잘린 머리를 들었고, 오른손으로는 커다란 도끼를 휘둘러 시츄를 정수리부터 찍어 두 조각으로 나누어버렸다.

'미쳤어.'

듀라한은 다양한 언데드 몬스터 중에서도 강력한 놈이다.

리치나 데스 나이트보다는 훨씬 급수가 떨어지고, 이성을 거의 가지고 있지 않지만, 가지고 있는 언데드로서의 육체 능력은 우습게 볼 수준이 아니다.

시츄뿐만 아니라 다른 용병들도 무자비한 도끼질에 절단 났다. 당아희와 함께 있던 전투 마법사들은 되는대로 마법을 남발하였지만, 듀라한을 잠깐 멈추게 하는 것에 그쳤다.

당아희도 무턱대고 도망치려고 한 것은 아니다. 그녀도 당씨세가주의 딸이라는 자부심이 있었고, 그녀 스스로 익힌 암기술과 무공에 대한 자신감이 있었다.

하지만 그녀가 쏘아낸 암기와 암기에 묻은 독은 언데드에게 그리 위협적이지 못했다.

그러니 도망칠 수밖에 없다. 이곳에서 죽고 싶은 마음은 없다.

아니, 다른 언젠가가 되어도 죽고 싶지 않다. 당아희는 최대한 오래 살고 싶었다. 당아희는 손에 들고 있던 암기를 듀라한에게 던진 뒤에 홱 하고 몸을 돌려 도망치려 했다.

하지만 도망도 쉽지 않았다. 땅거죽이 들썩거리더니 시뻘건 색의 촉수가 솟구쳤다. 당아희는 기겁하여 비수를 휘둘러 촉수를 베어내려 했지만, 촉수는 제대로 베이지 않고 꿈틀거리며 당아희의 몸을 휘감으려 들었다.

"꺄아아악!"

당아희가 비명을 질렀다. 그러는 중에 듀라한이 그녀의 등 뒤까지 다가왔다.

그녀가 버리고 도망간 당가의 무사들과 마법사들은 시간 끌기도 제대로 되어주지 못했다.

물론 당아희는 듀라한이 등 뒤까지 와 있음을 느끼지 못했다. 피가 뚝뚝 떨어지는 도끼가 그녀의 머리 위에 올라갈 때까지.

퍼억.

도끼가 떨어져 당아희의 머리를 쪼개기 전에, 자색의 강기 줄기가 듀라한의 팔을 꿰뚫었다.

그것은 쓱 하고 옆으로 미끄러지더니 듀라한의 손목을 완전히 잘라냈다. 머리 없는 듀라한은 비명도 지르지 못했다.

쿠웅!

당아희의 어깨 바로 옆에 듀라한의 도끼가 잘린 손목과 함께 떨어졌다.

"끼야아아악!"

당아희가 더 큰 비명을 질렀다. 어둠 속에서 걸어 나온 이성민은 미간을 찡그리며 당아희를 내려 보았다.

그녀는 이성민과 눈이 마주치자 졸도할 것처럼 더 큰 비명을 질렀고, 이번에도 참지 못하고 오줌을 지려 버렸다.

당아희가 성기사단장을 충동질했다는 것을 알지 못하는 이성민으로서는 그녀에게 뚜렷한 악의는 없다.

그렇다고 구해줄 의리를 가지고 있는 것도 아니었다. 그럼에도 당아희를 구해준 이유는 단순했다.

그녀에게 물어보고 싶은 것이 있었기 때문이다. 이성민은 지탄을 튕겨 듀라한을 완전히 죽여 놓은 뒤에 당아희에게 다가갔다.

[적색 마탑주는 어디에 있습니까?]

한참 비명을 질러대던 당아희는 머릿속에 울리는 전음에 뒤늦게 정신을 차렸다.

그녀는 숨을 헐떡거리며 이성민을 올려 보았다. 절체절명의 순간에 모습을 드러낸 이성민은 당아희가 보기에는 이 상황을 타파할 유일한 구세주처럼 보였다.

[네, 네?]

당아희가 더듬거리며 전음을 보낸다. 이성민은 축축하게 젖은 당아희의 가랑이를 힐긋 보며 말했다.

[적색 마탑주. 스칼렛 님 말입니다. 못 본 겁니까?]

[어…… 모, 몰라요.]

괜히 구해줬군. 이성민은 그런 생각을 하며 당아희를 지나쳤다.

그러자 당아희가 기겁하여 양손을 뻗어 이성민의 발목을 잡으려 들었다. 이성민은 발을 슬쩍 들어 당아희가 잡으려는 손을 피했다.

[저, 저 좀 도와주세요.]

[당신이 갈아입을 속옷을 가지고 있지는 않습니다만.]

이성민의 대답에 당아희의 얼굴이 시뻘겋게 달아올랐다. 그녀는 젖은 가랑이를 손으로 가리면서 다급히 전음을 보냈다.

[그, 그런 것이 아니라. 저 좀…… 저 좀 데리고 여기서 나가주시면 안 되나요?]

[나는 이 숲을 나갈 생각이 없습니다. 그리고 내가 왜 당신을 위해 그런 수고를 들여야 합니까?]

[뭐…… 원하시는 것이 있다면 뭐든지 드릴게요.]

[당신이 나한테 뭘 줄 수 있다는 겁니까?]

이성민은 성큼성큼 걸으면서 전음을 보냈다. 엉금거리며 기어 따라오던 당아희는 비틀거리며 몸을 일으키더니 후다닥 이성민의 곁에 붙었다.

[모, 몸이라던가……?]

맨정신으로 할 말이 아니었다. 술에 진탕 취해서 할 말도 아니었고. 그렇게 말하는 당아희도 짙은 수치심을 느끼며 어깨를 바들거리며 떨었다. 하지만 이성민은 조금도 주저하지 않고 대답했다.

[필요 없습니다.]

그 칼 같은 거절에 당아희의 말문이 막혔다. 온몸을 부들거리며 떨던 당아희가 다시 전음을 보냈다.

[정말로……?]

[예. 이런 상황에 대체 뭔 개소리를 하는 겁니까?]]

[그건, 그러니까…… 꼭 여기서가 아니라, 숲을 나가서 깨끗이 씻고……]

[필요 없습니다.]

[다, 당가의 무공은 어때요? 해독제…… 혹은 암기라던가……]

[필요 없습니다.]

당아희는 이성민에게 줄 수 있는 것이 아무것도 없었다. 독? 필요 없다. 써볼 틈은 없었지만, 이성민은 허주의 보물을 얻음으로써 만독불침을 완성했다.

당가의 어떤 독이라 해도 그의 몸을 침범할 수가 없다. 암기도 마찬가지다. 암기술 자체에 흥미가 아주 없는 것은 아니었지만, 좋은 암기를 받는다고 해도 제대로 다룰 자신이 없었다.

[당신은 나한테 줄 수 있는 것이 아무것도 없습니다. 내가 당신을 구한 것은 스칼렛 님의 행방을 묻기 위해서였던 것이 전부고. 그리고…… 나는 무림맹의 적 아닙니까?]

은근히 한 말은 꺼지라는 협박이었다. 그 말에 당아희의 얼굴이 새하얗게 질린다.

그녀는 필사적으로 머리를 굴렸다. 어떻게든 이성민에게 붙어서 목숨을 보전하기 위해서.

[쥐, 쥐걸이 적색 마탑주를 노리고 있어요.]

[당연히 그렇겠지. 나를 끌어낼 좋은 먹잇감이니까. 당연한 말을 하는 이유가 뭡니까?]

[그러니까, 어…… 당신이 몰랐을 줄 알고……]

당아희가 더듬거리며 덧붙였다. 그 사이에 마견이 한 마리 튀어나왔고, 이성민은 손끝을 튕겨 마견의 머리를 박살 냈다.

[나, 나를 인질로 잡는다면 당가와 교섭할 수 있을 거예요.]

[내가 당가와 교섭해서 뭘 하라는 겁니까?]

[저, 저는 당신에게 아무것도 줄 수 없지만, 저희 아버지라면 다를 거예요. 그러니까…….]

[당신을 인질로 잡고 당가에 원하는 것을 요구해라? 그런 귀찮은 짓을 할 이유는 나한테 없습니다. 그리고 나는 당신뿐만 아니라 당가에도 원하는 것이 없어요.]

[다, 당무기.]

당아희가 덜덜 떨면서 말했다. 그 이름. 이성민의 걸음이 우뚝 멈추었다. 그는 당아희를 힐긋 돌아보았다.

[당무기?]

들은 적이 있는 이름이다. 어디서…… 이성민은 기억을 더듬었다.

그래, 기억났다. 루베스. 위지호연과 재회했던 곳. 루베스의 성문을 나가서 암존의 습격을 받았었다.

암존에게 죽을 뻔했었지만…… 사마련주의 개입 덕에 목숨을 건졌다.

그때, 사마련주가 암존의 이름을 불렀었다. '당무기.' 그게 암존의 이름이었다.

[제 오랜…… 조상님이에요.]

[그래서?]

육존자 중에 남은 것은 넷. 도존의 위치는 어느 정도 파악하고 있다.

용병왕은 유명인이니까. 월후의 위치도 어느 정도는 알고 있다. 창왕은 이번에 만났고. 하지만 암존의 위치는 확인되지 않았다.

[아마 그분이라면…… 당신이 원하는 것을 줄 수 있을지도 몰라요. 워낙 신비로운 분이시고 가진 것이 많아서……]

[당신은 그와 연락하고 있습니까?]

암존에 대한 이야기는 이성민의 흥미를 끌기에 충분했다. 이성민이 관심을 보이자 당아희가 열심히 머리를 끄덕거렸다.

[네. 어린 시절 본 적이 있는데, 저를 귀엽게 여기시거든요. 그래서 매년 제 생일마다 몰래 당가에 찾아와 제 선물을 주곤 하세요.]

과연.

이성민은 살짝 머리를 끄덕거렸다. 어디에 있는지 모를 암존과 만날 수 있는 기회다.

그런 종류의 만남이라면 암존으로서도 은밀히, 혼자서 움직이겠지. 그때 암존을 만난다면 무리 없이 암존을 죽일 수 있을 것이다.

[알겠습니다.]

이성민은 빙그레 웃었다.

[이 숲을 나가는 것은 무리지만, 당신이 죽지 않도록 보호해 드리죠.]

자신이 암존을 죽음으로 몰아가고 있다는 것을 알지 못하고서, 당아희는 안도의 한숨을 내쉬었다.

6장

의식(2)

얼마나 죽었지.

김종현은 그리모어를 힐긋 보았다.

처음부터 분산시켰고, 삼천의 혼을 소모하여 대마법을 펼친 덕에 토벌대는 벌써 절반 가까이 죽어 있었다.

이 정도면 된다. 김종현은 빙그레 웃었다.

이러한 술법을 펼친 것에는 그만한 이유가 있다. 이러한 분위기를 조성한 것에도 이유는 있다.

공포는 이미 충분히 확산되었다. 어느 정도 문을 열 수 있을 정도로.

이제 한 번 시험해 볼까.

김종현은 그리모어를 향해 손을 펼쳤다. 그리모어는 김종현의 손이 닿는 곳으로 이동했다.

김종현이 손을 까닥거리자 그리모어가 활짝 펼쳐지더니 천천히 책장이 넘겨졌다. 김종현은 입술을 달싹거리며 주문을 외었다.

'문'을 열기 위해서는 충분한 공포가 모여야 한다.

일곱 개 마을을 몰살시키며 문을 열기 위한 심장을 모았다. 하지만 부족하다.

가진 것 없고 힘없는 이들의 공포보다는 어느 정도 자격이 있는 자들의 공포와 혼이야말로 진정 가치가 있는 것이다.

그렇기에 김종현은 이 숲을 거점으로 삼고 움직이지 않았다. 힘 있고 자격 있는 자들이 자신을 토벌하러 오는 것을 기다리기 위해서였다.

교회의 성기사와 신관들이 이곳에 온 것은 김종현에게 있어서는 좋은 일이었다.

그들로서는 양민을 학살하고 사악한 마법과 술수를 벌이는 김종현을 척살하기 위해 온 것이지만, 그 굳건한 신앙심을 가진 이들의 공포와 절규야말로 흑마법사에게 있어서는 가장 가치 있는 제물 중 하나다.

아무리 신앙심이 강하다고 해도. 의지와 신념이 단단하다 해도. 감각이 차단되고 어둠 속에서 튀어나오는 괴물의 이빨에 짓이겨지는 꼴을 겪는다면 공포에 절 수밖에 없다.

인간이란 그렇다. 아무리 방어기제를 온몸과 정신에 두른다고 해도 그 안에 있는 것은 결국 연약해 빠진 인간의 정신이다.

원초적인 공포는 정신을 붕괴시키는 간편한 수단 중 하나다.

요괴만 공포를 즐기는 것은 아니다. 김종현이 불러들이려는 문 너머의 존재들도 그런 공포를 즐긴다.

인간을 타락시키고 혼을 빼앗아 삼키고 희롱하는 마족들을 불러내기 위해서는 질 좋은 공포가 필수적이다.

김종현이 영창함과 동시에 그리모어가 시커먼 빛에 휘감겼다. 영창에 따라 공간이 뒤흔들리고 구덩이에 쌓아 놓은 심장들이 파들거리며 떨리기 시작했다.

적출되고서 한참을 지난 심장들이 다시 고동을 시작한다. 검붉은 색의 피가 구덩이를 메우기 시작했다.

두근거리는 고동 소리가 하나가 되었다. 김종현의 몸 안에서 이미 소멸한 마왕, 칼라드라의 마력이 빠져나간다.

그렇게 빠져나간 마력은 김종현의 눈앞에 커다란 문을 만들었다. 장식 하나 없는 시커먼 색의 문은 김종현이 손을 뻗자 천천히 열렸다.

열린 문 너머에서 다섯의 괴물이 걸어 나왔다. 인간과 흡사하면서도 인간이 아닌 괴물들.

김종현이 불러들인 것은 이미 소멸한 마왕, 칼라드라의 종속들이었다.

본래 칼라드라가 소멸한다면 그에게 종속된 마족도 대부분 소멸하지만, 저들은 칼라드라의 소멸에도 버티고 살아남은 뛰어난 마족들이다.

그래 봐야 칼라드라의 소멸과 함께 힘과 이성을 잃어 마족다운 맛이 없는 놈들이었지만, 그것으로도 충분하다.

"꿇어라."

김종현이 말했다. 이성 없는 괴물들은 천천히 자세를 낮추어 김종현의 앞에 무릎을 꿇었다.

마족의 소환자로서 이곳에 있는 것이 아니다. 칼라드라의 마력을 취한 김종현은 지성이 사라진 마족들이 보기에는 칼라드라의 현신, 그 자체였다.

그리모어의 마법과 수천의 혼을 사용해 차원문을 열었다.

여기까지가 김종현이 할 수 있는 최선이었다. 보다 높은 급의 마족을 불러들였다가는 통제가 힘들 것이다. 이성이 없으니 복종을 얻기에도 쉽다.

"아주 고통스럽게. 두려움에 질질 짜도록. 그 뒤에 죽여라."

김종현이 소곤거렸다. 이성 없는 마족들은 머리를 끄덕거렸다. 그들은 명령에 충실히 몸을 돌렸다.

김종현은 사라진 마족들을 보지 않고서 아직 닫히지 않은 문을 보았다.

문은 완전히 열리지 않은 상태다. 문이 열리기에는 아직 부족하다는 것이겠지. 상관없다. 문을 소환하고 조금이나마 열린 것은, 이 의식이 성공했다는 증거이기도 하니까.

'북쪽의 마왕이라.'

다른 이들이 붙여 준 별명이지만, 김종현은 그 별명이 마음에 들었다.

그는 진짜로 마왕이 될 생각이었으니까.

어둠 속을 미끄러지며 달리는 마족들은 사실 이제는 마족이라 하기에 애매했다.

긴 세월 살아오며 쌓은 지성도, 힘도. 그들의 주인이던 마왕이 소멸하면서 함께 사라져 버렸기 때문이다.

하지만 그런 끔찍한 일을 겪으면서도 존재를 유지하고 있다는 것은 그만큼 그들이 이전에 격이 높은 마족이었음을 증명하는 것이다.

물론 그것은 과거의 이야기다. 지금 이곳에 남은 것은 지성과 이성을 잃고 영광스러운 힘을 대부분 상실한, 마족답지 않은 괴물일 뿐이다.

그럼에도 그들은 존재만으로 숲을 떨게 할 만큼 강인했다. 예전의 힘 태반을 잃었다고 해도 마족은 인간이 상대할 만한 존재가 아니다.

이성과 지성을 잃은 대신에 본능은 예리해졌고 명령에 충실하는 충성심을 얻었다.

그리모어의 마법이 불러일으킨 숲의 어둠은 그들에게 있어 방해가 되지 않았다.

오히려 그들은 이 어둠 속에서 편안함을 느꼈고, 감각은 더욱 예리해져서 먹잇감을 탐색하는 것에 수월함을 느끼고 있었다.

흩어진 마족 중 하나가 가장 먼저 먹잇감을 찾았다. 그가 찾아낸 것은 주저앉아 기도를 올리고 있던 고위 신관과 마법사 길드의 마법사들이었다.

신관들이 올리는 기도는 무의미하지 않았다. 충분한 시간이 있었더라면, 그들은 이 숲을 휘감은 어둠을 걷어낼 수 있었을 것이다.

그래.

충분한 시간만 있었더라면.

애석한 것은 그들에게 그럴 만한 시간이 없었다는 것이었고, 지금 그들의 주변에 잔학한 폭력에서 그들을 비호해 줄 무리가 없었다는 것이리라.

적어도 지금 상황에서 그들이 믿고 있는 각기 다른 신들은 신자를 보호해 주지 않았다.

어둠 속에서 튀어나온 괴물은 고위 신관의 앞에 섰고, 주인인 김종현이 내린 명령을 떠올렸다.

고통스럽게, 두려움에 질질 짜도록. 괴물은 명령에 충실했다. 뻗은 손이 고위 신관의 어깨를 잡는다.

고위 신관은 움찔 몸을 떨더니 숙이고 있던 머리를 들었다. 흉측한 괴물의 얼굴과 마주치자 고위 신관의 얼굴이 하얗게 질렸다.

콰지직!

괴물의 손짓이 고위 신관의 어깨를 으스러뜨렸다.

고위 신관이 입을 크게 벌리며 비명을 질렀다. 괴물은 날파리를 쫓듯이 손을 휘저어 고위 신관의 몸을 집어 던졌다.

콰당!

늙은 몸뚱이가 땅을 뒹군다. 괴물은 그를 무시하고서 다른 신관을 일으켜 세웠다.

아무 소리도 듣지 못했기에, 신관은 고위 신관이 지른 비명도, 몸이 날아가는 것도 느끼지 못했다.

"어?"

신관 역시 괴물의 얼굴을 보고 비명을 지른다. 괴물은 그 신관의 다리를 끊어냈다.

그런 식으로 하나씩, 괴물이 신관들의 몸뚱이를 움직일 수 없도록 만들어가는 시점에 마법사들이 발작하며 마법을 쏘아냈다.

연계의 이점이 사라진 마법병단이라고 하여도 그들이 쏟아내는 화력은 충분히 위협적이었다.

하지만 괴물은 민첩하다. 놈은 깊은 어둠 속을 유영하는 심해어처럼 미끄러지듯 움직여 마법의 사이를 돌파했다.

마법사들이 자신들과 크게 다르지 않은 꼴이 되어가는 것을 응시하는 신관들의 얼굴이 절망으로 젖었다.

"신이시여, 신이시여……."

애타는 목소리로 신을 부르짖어 보지만 괴물의 움직임은 멈추지 않았다.

신관들은 신을 찾는 그들의 부름에 아무런 답이 없자 지독한 절망감과 공포를 느끼며 미쳐갔다.

신앙심이 낮은 어린 신관들이 가장 먼저 정신을 내려놓고 미친 웃음을 흘렸다.

고위 신관은 두 눈을 질끈 감고 신성 마법을 펼쳤으나, 그가 펼치는 마법은 숲을 뒤덮은 어둠과 한때 마족이었던 괴물에게는 그리 큰 타격을 주지 못했다.

성기사단장의 상황은 조금 달랐다. 처음에는 그랬다. 성기사단장과 다른 성기사들은 다른 신관들처럼 무력하게 찢겨 죽지는 않았다.

그들은 괴물과 마주한 순간 고함을 지르며 덤벼들었다. 신성력을 가득 담은 검강을 괴물의 몸에 휘두른다.

괴물은 몸으로 공격을 받아내지 않고 거리를 벌렸고 교활하게 어둠 속을 뛰놀았다.

시야가 극히 제한된 어둠 속에서 괴물이 움직일 때. 성기사단장을 비롯한 성기사들은 그 소리를 듣지 못했다. 동료가 죽어 지르는 비명도 듣지 못했다.

이성민은 숲 안에 다른 괴물들이 풀어졌다는 사실을 알지 못했다.

그는 당아희를 자신의 곁에서 걷게 한 뒤에 출몰하는 마수와 언데드, 키메라들을 처리해 나갔다.

그리 넓은 숲도 아닌데 아직 다른 토벌대원들을 마주하지 못했다. 그나마 만난 것은 시체들뿐이었는데 다행히도 그중 스칼렛의 시체는 없었다.

스칼렛이 허무하게 당할 것이라고 생각하지는 않는다. 적색 마탑주라는 자리도 괜히 얻은 것이 아닐 테니까.

특히 적색 마탑주인 스칼렛의 전투 마법은, 다른 마탑주들과 비교했을 때 굉장히 높은 급이라고 알려져 있다.

그러한 소문을 온전히 신뢰하는 것은 아니었지만, 이성민은 스칼렛이 무사히 생존해 있음을 간절히 바랐다.

당아희는 오줌에 젖어 말라버린 속옷을 갈아입고 싶어 미칠

것만 같았지만, 감히 이성민에게 그것을 요구하지는 않았다. 오히려 그녀는 마음속으로 다른 생각을 하고 있었다.

'고조부님을 만나면 반쯤 죽여 달라고 부탁해야지.'

당아희가 암존 당무기와 접점이 있다는 것은 거짓이 아니다.

그녀의 고조부는 당아희가 어릴 적부터 그녀에게 무척이나 잘해주었고, 당아희의 지랄 맞은 성격을 만들어내는 것에 상당 부분 일조한 위인이었다.

일단 이성민에게 고조부를 만나게 해주겠다고 말은 하였지만, 당아희는 그때 당무기에게 은밀히 부탁하여 이성민을 흠씬 두들겨 팰 생각이었다. 아니면 그대로 죽여 버리던가.

그런 면에서 이성민과 당아희는 서로 대놓고 말하지는 않았어도 같은 생각을 하고 있었다.

이성민도 암존을 만난다면 주저 없이 죽여 버릴 생각이었기 때문이다.

어둠 속을 거니는 것은 긴장되기보다는 지루했다. 튀어나오는 무언가가 자신에게 큰 위협이 되지 않는다는 것을 인지한 순간부터는 여느 때와 다름없는 밤 산책과 크게 다를 것이 없었다.

그렇기에 이성민은 더더욱 초조했다. 지루함을 느낄 정도로 숲을 거닐었는데도 아직 스칼렛을 만나지 못했기 때문이다.

시체들이 많아진다.

쓰러진 시체 중에서 드문드문 아는 얼굴이 보였다. 말 몇 마디 나눠보지 않은 상대들이었고, 그들의 처참한 죽음에 그다지 감흥은 느껴지지 않았다.

오히려 곁에 따라오는 당아희의 얼굴이 죽을상이 되었다. 같은 백결무혼단 단원들의 시체를 수없이 본 탓이었다.

성기사단장은 운이 좋았다. 그를 따르던 성기사단원들이, 함께 있던 마법병단들이 잔혹하게 살해되었지만 성기사단장만큼은 아직 숨이 붙어 있었다.

그는 내장이 흘러내리는 옆구리를 신성마법으로 붙잡고 있었다.

당장 쓰러져도 이상하지 않을 중상이었으나 그는 아직 포기하지 않았다.

마음속으로 있는 힘을 다해 신의 이름을 외쳐 보았지만, 그가 믿는 신은 답해주지 않았다.

괴물은 허우적거리듯 검을 휘두르는 성기사단장의 검을 슬쩍슬쩍 피해가면서, 성기사단장이 지치고 포기하는 것을 기다렸다.

그것이야말로 질 높은 공포를 얻을 수단임을 본능적으로

알았기 때문이다.

그러나.

놀이가 너무 길었다.

어둠 사이에서 모습을 드러낸 이성민은 잠깐 고민했다.

주변에 널브러진 시체. 여태까지 마주한 숲의 마수들과는 근본적으로 달라 보이는 괴물. 쓰러질 듯 위태로워 보이는 성기사단장.

도와줘야 하는 것일까. 그래야 할 의리가 있나? 없다. 따지고 보면 일이 이렇게 꼬인 것이 성기사단장이 괜한 의심을 해서였으니까.

물론 서로의 입장이 있다고는 하여도 그런 것을 모두 헤아리다가는 세상에 죄 없는 사람이 없을 것이다.

찰나의 순간, 괴물은 목표를 바꾸었다. 다 죽어가는 성기사단장은 언제고 죽일 수 있는 먹잇감이라 판단했기 때문이다.

[묘한 놈인데?]

허주가 중얼거린 순간. 괴물이 성기사단장을 뛰어넘어 이성민을 향해 달려들었다.

마음에 그리 들지 않았지만, 그렇다고 해서 달려드는 괴물을 무시하지는 않았다.

특히나 허주가 말했던 것처럼. '묘한 놈'이라는 것에 이성민도 어느 정도는 공감하고 있었다.

괴물은 이성민이 알고 있는 그 어떤 몬스터와도 달랐고 그 어떤 몬스터보다도 빨랐다.

'뭔 몬스터가…….'

이성민이 이 숲에서 마주친 마수들도 어지간한 절정고수 이상으로 강력하기는 했다.

특히 군데군데 섞여 있던 고위 언데드나 키메라들은 초절정고수의 수준에 준하다 봐도 옳을 정도였다.

그런데. 지금 거리를 좁혀오는 괴물은 그보다 더하다.

이성민은 오른손을 들어 빠르게 다가오는 괴물을 향해 손가락을 튕겼다.

여태까지 마주친 마수와 언데드, 키메라들을 학살해 온 흑뢰번천의 강기가 길게 쏘아졌다.

하지만 괴물의 몸은 꿰뚫리지 않았다. 놈은 오른손을 크게 휘두르더니 흑뢰번천의 강기를 튕겨냈다.

그것을 본 이성민의 눈썹이 꿈틀거렸다.

쐐액!

휘두른 손톱이 이성민의 몸을 덮친다. 이성민은 피하지 않고 호신강기를 일으켰다. 전류가 휘감긴 자색의 호신강기가 이성민의 몸을 덮었다.

쩌어엉!

호신강기가 미미하게 흔들렸다. 타격은 호신강기에 가로막혔지만, 그 무게감과 위력은 확실히 느꼈다.

이성민은 어이가 없어서 헛웃음을 흘렸다.

'뭔 위력이 이래?'

신체 능력만 보자면 초월지경에 준할 정도다. 물론 진짜 초월지경의 무인과 비교하는 것은 우스운 일이다.

한때 고위 마족이었던 이 괴물들은 지성과 과거의 힘 대부분을 상실하고 육체 능력만 간신히 남은 것이기 때문이다.

조금 뒤로 물러선 이성민은 등 뒤에 두었던 창을 꺼냈다.

파직!

자하신공으로 일어난 흑뢰번천의 강기가 창을 휘감았다.

이 괴물이 어디서 튀어나온, 뭐하는 괴물인지는 알 수 없었지만. '다르다'라는 생각과 '위험하다'라는 생각이 동시에 들었다.

이 정도의 힘을 가진 괴물이라면 정말로 스칼렛이 위험해질지도 모른다.

그러니 주저하지 않았다.

느긋한 상황에서라면 호기심에서라도 느긋이 전투를 이어나가겠지만, 지금은 그럴 여유를 부릴 때가 아니었다.

이성민의 두 눈이 스산한 빛을 담으며 가라앉았다. 창끝에 모인 자색강기 주변에 얇은 전류가 맺혔다.

혈환신마공의 삼초, 혈아육탐이 쏘아졌다. 혈환신마공은

이성민이 익히고 있는 무공 중에서 유일하게 사마련주의 심득이 깃들지 않은 무공이었다.

굳이 건드릴 필요가 없다, 라는 것이 사마련주의 평이었다.

혈환신마공은 절대고수인 사마련주가 보기에도 잘 만들어진 강기공이었다.

혈환신마공을 잊지 말아 달라는 광천마의 유언을 잊었던 적은 없었고 사마련주의 밑에서 수행할 때에도 혈환신마공의 수행을 게을리하지 않았다.

물론 혈환신마공을 긴 세월 익혀 온 광천마보다는 다루는 것이 미숙할지도 모르겠으나.

초월지경에 들고 흑뢰번천까지 익힌 이성민의 혈환신마공은 위력적인 면에서는 이미 광천마가 직접 펼치는 것보다 훨씬 강력했다.

꽈아앙!

큼직한 폭음과 함께 괴물의 몸이 뒤로 쭉 밀려났다. 이성민이 쏘아낸 일격은 초월지경의 고수라도 제대로 맞는다면 치명상을 입힐 정도로 위력적이었다.

그럼에도 괴물은 버텨냈다. 호신강기도 없고, 피하거나 다른 수단을 사용해 충격을 줄인 것도 아닌데. 놈은 정면으로 맞은 가슴팍이 움푹 들어간 것 외에는 건재해 보였다.

'저게 대체 뭐야?'

[이 어르신도 잘 모르겠다. 굉장히…… 묘한 놈이야. 저 정도의 힘을 가진 놈이라면 지성이 있을 법도 한데. 말이나 한번 걸어보지 그러냐?]

"너, 뭐냐?"

허주의 말에 이성민도 넌지시 질문을 꺼내 보았지만, 답은 들리지 않았다.

어쩌면 들리지 않는 것일지도 모르지. 상관없다. 놈이 어디에서 튀어나온 놈인지 크게 궁금하지도 않고 중요하지도 않다.

놈이 성기사단장을 찢어 죽이든 말든 모른 척하고 지나갈 생각이었는데.

놈은 이성민을 무시할 생각이 없어 보였다. 그렇다면 치우고 갈 수밖에.

창을 잡은 손에 힘이 들어갔다. 일격에 죽이지는 못했지만, 생각 외로 단단하다는 것은 알았다.

괴물이 포효했다. 본능에 잠식된 몸뚱이가 사냥을 위해 움직인다. 이성민이 보기에는 단조로운 움직임이었다.

뛰어올라 휘두르는 손톱. 질풍신뢰를 잡기에는 느리다. 전류가 흩어졌을 때 이성민은 이미 괴물의 뒤에 있었다.

양손에 잡은 창이 가볍게 회전한다. 선택한 초식은 혈환신마공의 혈환파쇄.

그리고 속도.

사마련주의 독문 무공. 흑뢰번천이 추구하는 것은 극쾌다. 혈환신마공은 아니었지만, 위지호연이 어린 시절 이성민에게 가르쳐 주었던 구천무극창은 사마련주 수준의 위인이 보기에는 여러모로 부족한 면이 많았다.

아무리 위지호연이 뛰어난 오성을 가진 천재라고 하여도. 고작해야 열셋의 나이에 최상급으로 분류되는 창법을 완벽하게 뜯어고치는 것은 불가능했기 때문이다.

구천무극창 오초, 절명섬은 구천무극창의 아홉 개 창법 중에서 가장 빠르다.

흑뢰번천의 구결이 더해진 절명섬은 '빠르다'의 영역을 벗어났다.

절명섬(絶命閃), 뇌광(雷光).

그다지 멀리 떨어지지 않은 곳에서 이성민의 창을 본 당아희는 눈을 의심했다.

창이 움직이는 것을 보지도 못한 것은 성기사단장도 마찬가지였다.

자색 빛이 한 번 번쩍거렸을 때. 괴물의 머리가 사라져 있었기 때문이다.

머리뿐만이 아니었다. 심장이 있을 왼쪽 가슴에도 구멍이 뚫려 있다. 그 짧은 순간에 두 번의 창격이 괴물의 몸에 만들어놓은 상처였다.

머리를 잃은 괴물이 비틀거리다가 주저앉았다. 몇 번 팔다리를 움찔 떨기는 하였지만, 괴물은 다시 몸을 일으키지 않았다.

괴물이 가진 강인한 재생력도 머리가 통째로 날아가고 심장이 날아간 것을 재생해 내지 못했다.

"귀창……."

흘러나오는 내장을 잡고 있던 성기사단장이 이성민을 보며 신음을 흘렸다.

이성민은 성기사단장의 목소리를 듣지 못했지만, 그의 입술이 달싹거리는 것을 보며 전음을 보냈다.

[상처나 치료하시죠.]

[왜, 왜 나를 구해준 건가?]

성기사단장이 더듬거리며 답했다. 그 말에 이성민은 눈썹을 찡그리며 답했다.

[당신을 구해주려 한 것이 아니라 놈이 나한테 덤비기에 죽인 것뿐입니다.]

[나를 죽일 건가?]

성기사단장이 꿀꺽 침을 삼키며 물었다. 그 질문에 이성민은 머리를 가로저었다.

[나서서 죽일 만큼의 위인도 아닌데 내가 뭐하러 그럽니까? 그리

고 내가 당신을 죽이지 않는 것이 내 마음도 편할 것 같군요. 당신은 나를 뱀파이어 퀸의 사자가 아닌가 의심하지 않았었습니까?]

피식 웃으며 묻는 질문에 성기사단장의 말문이 막혔다.

[……의심하여 미안하네.]

[당신에게 사죄를 듣고 싶었던 것은 아닙니다.]

이성민은 그렇게 말하며 성기사단장을 지나쳤다. 성기사단장이 머뭇거리다가 다시 전음을 보냈다.

[저 괴물…… 마족이었네.]

[예?]

[마족. 그런 느낌이 강했어. 저 정도까지 몰락할 수 있다는 것은 처음 알았지만. 한때는 강대한 힘을 가진 마족이었을 거야.]

[김종현이 마족을 소환했다는 겁니까?]

[그렇겠지. 만약 그렇다면…… 어떻게 해서든 이 의식을 막아야만 해.]

[그건 내가 할 일이 아닌 것 같군요.]

이성민의 대답에 성기사단장이 발끈하여 뭐라 말하려 했다. 하지만 그는 생각해 두었던 폭언을 쏟아내지 못하고 입술을 잘근 씹었다.

[……목숨을 구한 은혜는 언젠가, 내가 만약에 이곳에서 살아 나간다면…… 꼭 갚도록 하겠네.]

[마음대로 하십시오.]

마족이라는 말에 이성민의 마음은 더욱 급해졌다.

이 숲에 저런 괴물이 얼마나 더 풀어졌는지는 모르겠지만, 이성민이 직접 상대해 본 느낌으로는 토벌대의 전력으로 저 괴물을 상대하는 것은 힘들다. 흩어져 있는 지금 같은 상황에서는 더더욱.

'빨리 찾아야 해.'

이 숲 전체는 김종현의 통제를 받고 있다. 하지만 그것도 이제 끝이 다가오고 있다.

삼천의 혼을 바쳐 이루어낸 대마법이지만 영원토록 지속하는 것은 불가능하다.

지속적으로 혼을 바친다면 시간을 얼마든지 연장할 수 있겠지만, 이곳에서 죽은 혼과 모인 공포는 본격적인 의식을 위해 사용해야만 한다.

'슬슬 끝이군.'

곧 있으면 대마법이 끝이 난다. 그리 아쉽지도, 위기감을 느끼고 있지도 않다.

마수와 언데드, 키메라 그리고 몰락한 마족까지 소환하면서 이 숲의 토벌대 태반을 전멸시켰다.

살아남은 것은 마탑주급의 마법사나 모용세가주를 비롯한 초절정 고수들 정도다.

'당신은 규격 외로군.'

이성민이 마족 중 하나를 손쉽게 쓰러뜨리는 것은 보았다. 김종현은 솔직히 이성민과 싸우고 싶지는 않았다.

김종현은 이성민에게 순수한 호감을 가지고 있었다. 하지만 상황이 나쁘게 된다면 어쩔 수 없는 일이지. 김종현은 그런 생각을 하며 비릿하게 웃었다.

아르베스의 모든 것을 취한 김종현은 마법이라는 분야에 있어서는 절대적인 위치에 선 존재였다.

엔비루스가 건재한 상태라면 또 모를까. 그가 치명적인 상처를 입고 정령계로 가버린 이상 김종현의 위치를 위협할 수 있는 마법사는 존재하지 않는다.

여기서 숲에 펼쳐 둔 마법이 거두어진다고 하여도 남은 토벌대를 상대할 여력은 충분했다.

그것을 알았기에.

김종현은 미련 없이 숲에 펼쳐 둔 마법을 그만두었다.

이미 의식은 거행되었다. 문은 소환되었고, 반쯤 열린 문은 천천히, 계속해서 열려가고 있다.

질 좋은 혼과 공포는 충분히 모였다. 그리모어는 그 어느 때보다도 불길한 검은 빛을 쏟아내고 있었다.

숲을 휘감은 어둠이 사라진다.

스칼렛은 지쳐 있었다. 여전히, 그녀는 운이 좋았다. 운이 좋을 수밖에 없었다.

김종현은 소환한 마족들에게 명령을 내리면서, 스칼렛과 그녀와 함께 있는 일행들은 예외로 두었기 때문이었다.

스칼렛을 죽인다면 이성민이 날뛸 것이다. 다른 토벌대원들은 큰 문제가 되지 않겠지만, 이성민이 날뛴다면 곤란해질 수밖에 없다.

김종현 덕분에 목숨을 부지하고 있다는 사실을 알지 못하는 스칼렛은 어둠이 사라지는 것을 올려 보며 숨을 내뱉었다.

"끝?"

"아이고, 죽겠다."

스칼렛이 중얼거렸고 그녀의 앞쪽에서 어깨를 축 늘어뜨리고 있던 도베르만이 앓는 소리를 냈다.

그는 그 나름대로 최선을 다해서 싸워왔다. 소문이 안 좋기는 했지만, 위험한 상황이라고 하여 도베르만은 스칼렛을 버리고 도망치지도 않았다.

"이거 보수를 더 달라고 해야겠는데. 이렇게까지 개고생할지는 생각도 못 했거든.”

스칼렛의 목소리가 이제는 들린다는 것을 확인한 도베르만이 머리를 돌려 투덜거렸다. 스칼렛은 그런 도베르만을 향해 입술을 삐죽거렸다.

“추가 보수에 대한 청구는 내가 아닌 마법사 길드에 하란 말이야. 나는 내 사비를 써서 당신한테 줄 생각이 없으니까.”

“이거 참 너무하시는군. 그래도 짧게나마 함께 사선을 넘었으니 동료애가 생길 법도 하지 않수?”

“동료애 운운하면서 보수를 더 달라는 것도 웃기는 개소리인걸.”

“용병이 다 그렇지.”

도베르만이 낄낄 웃었다.

어둠이 사라지면서 감각이 확장되었다. 갑자기 왜 어둠이 사라진 것인지 이성민은 알 수가 없었지만, 그에 대한 고민보다는 즉시 감각을 더욱 확장시켰다. 숲 전체의 기척이 잡힌다.

꺼림칙한 기척.

성기사단장이 말했던 '마족'의 기척이다. 넷. 그들은 어느 곳을 향해 동시에 이동하고 있었다.

그곳은…… 이성민은 오싹하고 소름이 돋는 것을 느꼈다. 예전에 느껴 본 적이 있는 불길함이었다.

프레스칸이 이성민을 제물로 바치려 했을 때. 그때에도 이와 같은 불길함을 느꼈었다.

'김종현.'

그곳에 김종현이 있을 것이다. 그리고 나미지는…… 잡히는 기척을 하나하나 판단하면서 이성민은 눈썹을 찡그렸다.

'생존자가 적어.'

오백이었던 토벌대가 수십 명으로 줄었다. 아직 김종현을 만나지도 않았는데 이만한 희생이 나버렸다.

'토벌은 실패야.'

처참한 실패. 토벌대가 안일했다기보다는 김종현이 너무 많은 것을 준비한 탓이다.

스칼렛은 어디에 있지? 이성민은 계속해서 감각을 확장시켜갔다. 찾았다. 이성민의 얼굴에 안도의 감정이 스쳤다. 다행히, 스칼렛은 살아 있었다.

"갑시다."

이성민은 뒤따라오는 당아희를 돌아보지도 않고 내뱉었다.

일이 귀찮아지기 전에 스칼렛과 함께 이 숲을 떠나야 한다.

모용찬도, 모용대운도 살아 있었다. 취걸 역시 마찬가지였다.

'아무래도 나는 악운에 강한 모양이로군.'

취걸은 내심 그런 생각을 했다. 죽을 위기를 겪으면서도 살아남는다.

과거, 소천마를 따라 들어간 던전에서도 그랬고 이번에도 그랬다.

물론 아직 토벌은 끝나지 않았지만, 취걸은 이 토벌을 계속해 나가는 것이 불가능하다는 것을 알았다.

마법사 길드의 입장은 상관없다. 이만한 피해를 입었는데 토벌을 계속한다? 개죽음이 될 뿐이다.

아마 지금쯤이면 귀창도 이 안에 들어와 있겠지. 적색 마탑주를 보호하고 싶은 것이라면 말이야.

'귀창과 전면 충돌은 안 돼…… 승산이 없다.'

모용가주가 어린아이처럼 다뤄지는 것을 보았다. 이 숲에 흩어진 백결무혼단과 모용세가의 무사들도 많은 피해를 입었겠지.

그 상태로 이성민과 충돌한다면 개죽음을 면치 못한다. 만전의 상태로 덤빈다고 해도 개죽음인 것은 마찬가지일 것이다.

초월지경에 오르기 위해서는 재능과 뛰어난 무공만이 필요한 것이 아니다. 하늘이 점지해야만 한다.

천운. 그래, 천운이 필요한 것이다. 취걸은 이 이야기를 자신의 사부인 개방주에게 들었었다.

개방주 역시 긴 세월 무공을 익혀 온 개방의 최고 고수였지만, 아직 초월지경의 벽을 부수지는 못했다.

천운이 필요하다고 말할 만큼 높은 경지가 초월지경이다. 여태까지 무공을 익힌 무인의 수가 몇이나 될까. 몇만은 아득히 넘겠지. 하지만 그중, 확인된 초월지경의 고수는 무당의 검선과 무림맹주 흑룡협, 사마련주 마황뿐이다.

'거기에 귀창까지. 천운…… 천운이라.'

취걸은 쓴웃음을 지었다. 그런 애매한 것은 그다지 믿고 싶지 않지만, 악운에 강해 여태까지 살아남은 것을 보면…… 정말로 천운이라는 것이 있는 것일까. 어쩌면 나도 언젠가 초월지경에 들 수 있는 것이 아닐까.

그런 애매한 생각은 잠시 접어둔다. 취걸은 모용대운을 힐긋 보았다.

모용대운을 설득할 수는 없다. 그는 귀창을 죽여 딸의 원수를 갚는 것에 혈안이 되어 있다.

'여기서 적색 마탑주를 확보하는 것은 불가능해. 그렇다고 토벌을 계속하는 것도 불가능하고.'

그렇다면 답은 간단하다. 일단 이 숲을 벗어나야만 한다. 취걸은 모용대운을 향해 다가갔다.

"무림맹에서 받은 명령이 있습니다."

그는 그렇게 먼저 운을 띄웠다. 맹주의 명령을 핑계로 삼아

이 숲을 벗어나기 위해서였다.

구덩이 근처로 돌아온 김종현은 뒤집어쓰고 있던 후드의 모자를 벗었다. 그는 이 숲에서 일어나는 상황을 파악하고 있었고, 앞으로의 일도 예상했다.

토벌이 실패했음은 모두가 알고 있을 것이다. 마법사 길드는 토벌을 포기하고 자리를 뜨겠지.

속이 구리기는 하겠지만, 목숨을 던져 개죽음을 당하고 싶지는 않을 테니까. 그것은 무림맹도 마찬가지일 것이다.

그래도 혹시 모르는 일이니 방어 결계를 두르고 마족들을 호위로 돌렸다.

만약 누군가가 습격한다고 해도 무리 없이 그들에게 대처할 수 있을 것이다. 이성민이 직접 온다면? 그가 올 이유는 없을 것이라 생각된다만. 만약 온다고 해도…….

얼마나 버텨줄까?

긴 시간을 버티지는 못하겠지. 방어 결계를 두껍게 씌웠고, 살아남은 마족 넷을 방패막이로 세워두기는 했지만, 이성민을 막기에는 역부족이다.

괜찮다. 아주 잠깐 시간을 끄는 것만으로도 충분하다.

이 의식은 오래 걸리지 않는다.

김종현은 천천히 심장을 쌓아 놓은 구덩이 속으로 들어갔다. 문은 계속해서 열리고 있다.

열린 문틈 사이로 시리고 불길한 마계의 바람이 흘러나오고 있다. 구덩이 한가운데에서 김종현은 뛰는 심장의 고동 소리에 귀를 기울였다.

반전의 마법. 이것은 종의 성질을 뒤바꾸는 마법이다. 인간을 인간이 아니게 하는 마법. 사용하는 용도는 무궁무진하다.

사용하는 방법에 따라서는 언데드를 다시 사람으로 바꾸는 것도 일이 아니다. 아르베스가 기억 속에서 가장 탐냈던 것도 이 반전의 마법이었다.

그리모어의 마법을 다룰 수 없던 아르베스가 궁여지책으로 창안해 낸 것이 영혼 전이 마법이었지만, 그리모어를 다룰 수 있는 김종현이니 반전의 마법을 사용하는 것에 큰 문제는 없었다.

단지 그가 반전시키고자 하는 것이 너무 많은 대가를 요구했을 뿐이다. 그래서 일곱 개 마을을 전멸시켰고 토벌대를 이곳에 끌어들였다.

심장이 뛴다. 모은 공포와 혼이 뒤섞인다. 문에서 흘러나오는 마계의 바람. 김종현은 처음 마셔보는 마계의 공기가 낯설지 않다 느꼈다.

그의 몸 안에 있는 소멸한 마왕의 마력이 고향의 바람에 기뻐하고 있었다.

김종현은 양팔을 활짝 펼쳤다. 공명하는 고동 소리를 내며 뛰던 심장이 검붉은 핏물이 되어 녹아내리기 시작했다.

검붉은 핏물이 김종현의 몸을 적신다. 의식이 시작되었다.

김종현이 가진 인간의 육체가 붕괴하면서 제물의 심장과 혼, 공포로 새로운 육체를 구성하였다.

반전의 마법은 김종현이 가지고 있는 마왕의 마력을 통해 그라는 '인간'을 인간이 아닌, 마왕에 보다 가까운 존재로 바꾸어가고 있었다.

'성공이다.'

고통은 없다. 그의 몸과 의식을 가득 채우는 것은 포악한 환희였다.

계획대로였다.

여기까지는.

콰르르릉!

높은 하늘에서 내리꽂힌 시커먼 빛이 김종현의 정신을 뒤흔들었다. 완성으로 차근차근 나아가던 의식이 치명적인 타격을 입었다.

"뭐, 뭐야!?"

김종현은 실로 오랜만에 당황스러운 외침을 토했다. 그는 급히 머리를 들어 올렸다.

그는 급히 펼쳐놓은 마법을 점검했다. 이성민은 아직 방어 결계를 돌파하지 못했다. 지금 김종현을 방해하고 공격한 것은 이성민이 아닌 다른 누군가다.

김종현은 몸을 뒤덮은 핏물 속에서 급히 머리를 들어 올렸다. 시커먼 구름이 하늘 한복판을 덮고 있었다.

'맙소사.'

구름 안에서 천천히 모습을 드러낸 것은 드래곤이었다.

김종현이 방어 마법을 완성하는 것보다 드래곤이 다시 한 번 입을 벌려 브레스를 쏘아내는 것이 더 빨랐다.

이번에 드래곤이 노린 것은 김종현이 아니었다. 완전히 열려 가던 문이 그대로 브레스에 노출되었다. 문이 붕괴하기 시작했다.

"안 돼!"

김종현이 고함을 질렀다. 브레스를 쏘아낸 드래곤이 시커먼 빛에 휘감겼다. 빛이 사라지자 그곳에 있는 것은 널찍한 용포를 입은 중년의 남자였다.

"너 때문에 이 먼 거리를 날아왔다."

흑룡협이었다.

영매에게서 다급한 부탁을 들은 것은 바로 어제였다. 귀창이 문제가 아니라고, 김종현의 의식을 막아야만 한다고.

그런 문제라면 가까이 있는 창왕을 보내면 되는 것 아닌가 반문하였지만, 영매는 '반드시' 흑룡협 당신이 직접 가야 한다고 말했다.

영매의 말은 신령의 말. 거역할 수는 없다. 덕분에 흑룡협은 무림맹에서 이곳까지 먼 거리를 비행해야만 했다.

하루를 꼬박 날아 간신히 시간에 맞추었지만, 의식을 완전히 막는 것은 불가능했다.

'대체 왜 내가 직접 가야 한다는 것인지는 모르겠지만.'

그럴 만한 이유가 있기에 영매가 그렇게까지 말한 것이겠지만. 흑룡협은 투덜거리면서 천천히 아래로 내려왔다.

반인반룡으로서 드래곤의 권능을 일부나마 쓸 수 있는 그였으나, 영매가 접신하는 신령의 뜻은 도저히 헤아릴 수가 없었다.

"귀찮게 하는군, 흑마법사 놈."

흑룡협은 구덩이 속 핏물에 잠겨 있는 김종현을 내려 보면서 중얼거렸다.

완성 직전까지 갔던 의식은 흑룡협의 개입으로 인해 완성되지 못했다.

반전의 마법은 한 번밖에 펼칠 수가 없다. 아무리 제물을 더

바치고 의식을 다시 거행한다고 해도 마법을 펼치는 것은 불가능하다.

'빌어먹을 도마뱀 새끼가……!'

흑룡협이 누구인지는 알지 못했지만, 설마 드래곤의 방해를 받을 것이라는 생각은 전혀 하지 못했다.

수백 년 전에 모습을 감춘 드래곤이 왜 갑자기 튀어나와 다 된 밥에 재를 뿌린단 말인가.

하지만 분노하는 것과는 다르게 김종현은 들끓는 감정대로 행동하지 못했다.

의식이 완성되지 못하고 도중에 멈춘 탓에, 재구성되던 육체가 완전히 구성되지 않았다.

이것으로 끝난 것이 다행이다. 흑룡협이 조금만 더 빨리 나타나 문을 박살 냈다면, 육체가 재구성되기도 전에 의식이 실패하여 그대로 소멸해 버렸을 것이다.

"너를 죽이라는 말은 듣지 않았다만."

흑룡협은 김종현을 내려 보며 중얼거렸다. 그가 영매에게 들었던 말은 의식이 완성되지 않도록 하라는 것이었지, 김종현을 죽이라는 말은 아니었다.

그렇기에 흑룡협은 잠깐 고민할 수밖에 없었다. 접신을 통해 영매가 내리는 지령은 언제나 이유를 알 수 없었지만, '반드시' 지령대로만 해야 했기 때문이다.

'죽이라는 말은 없었다.'

그렇다면 굳이 안 해도 될 일을 나서서 할 필요는 없겠지. 이곳까지 날아오는 것도 굉장히 수고스러웠는데. 흑룡협은 어깨 근육을 주무르면서 투덜거렸다.

진짜 드래곤은 폴리모프 마법을 비롯하여 온갖 종류의 마법을 다루고 공간이동까지 해낸다지만, 흑룡협은 마법까지는 사용하지 못했다.

간신히 드래곤과 인간으로 형태를 바꾸는 것이 고작이고 공간이동은 말할 것도 없다.

그는 드래곤의 강인한 힘을 비롯하여 드래곤의 비늘과 뼈 등 육체적인 능력은 누군지도 모르는 아버지에게 물려받았지만, 드래곤을 드래곤답게 만드는 용언과 마법은 물려받지 못했다.

흑룡협은 움직이지 못하는 김종현을 내버려 두고서 몸을 돌렸다. 이곳에 볼일은 없다.

'아냐.'

흑룡협의 생각이 취걸에게 들었던 보고에 닿았다.

이곳에는 귀창이 있다. 영매에게서 귀창을 어떻게 하라는 이야기는 듣지 못했지만, 그렇다고 해서 영매가 '절대로' 귀창과 만나지 말라고 했던 것은 아니다.

즉, 여기서 흑룡협이 귀창을 상대로 어떤 행동을 하건 간에 그것은 흑룡협의 자유란 것이다.

'창왕이 귀창과 접촉했던가? 창왕은 보고를 올리지 않으니까 잘 모르겠군.'

흑룡협은 눈썹을 찡그리며 생각했다. 무신은 귀창의 처리를 창왕에게 맡기기는 했지만, 흑룡협도 개인적으로 귀창에게 호기심이 있기는 했다.

기왕 여기까지 온 것, 한 번 얼굴을 보거나 수준을 살피고 가는 것도 나쁘지 않을 것 같았다.

무림맹에서 이 먼 곳까지 날아왔는데 고작 브레스 몇 번 쏘고 돌아가는 것도 조금은 아쉬웠기 때문이다.

'죽일 생각은 없으니까.'

창왕의 먹이를 빼앗을 생각은 아니다. 그저 먼저 맛만 조금 봐볼 생각이다.

흑룡협은 그런 생각을 하면서 감각을 확장시켰다. 넓게 뻗어 나간 감각이 숲 전체를 내려 본다.

귀창을 찾는 것은 어렵지 않았다. 숲의 생존자는 극히 적었고, 마수나 몰락한 마족 같은 놈들이 풍기는 기운은 헷갈릴 수 없을 정도로 노골적이었기 때문이다.

"……음?"

찾았다. 이성민이 발하는 기운 역시 마족이나 마수들처럼 노골적이었다. 그들과는 근본적으로 다른…… 뭐지? 흑룡협은 눈썹을 찡그리며 찾아낸 이성민의 기운에 감각을 집중했다.

'왜 드래곤의 기운이 감지되는 거야?'

이성민이 드래곤 하트를 삼켰다는 사실을 알지 못하는 흑룡협으로서는 적잖게 당황할 수밖에 없었다.

흑룡협은 땅을 박차고서 이성민이 있는 곳으로 향했다.

갑작스레 하늘에 끼인 먹구름과 땅을 뒤흔드는 진동.

이성민은 누군가가 이 숲에 나타났음을 당연히 눈치챘다. 대체 누구일까, 라는 생각을 하기 전에. 이성민은 스칼렛을 찾아 나서기 위해 움직이고 있었다.

당아희는 이성민을 따라오지 않았다. 숲의 어둠은 이미 사라졌고, 더 이상 이성민의 보호를 받을 필요는 없다고 스스로 판단한 탓이다.

무림맹의 적인 이성민과 계속해서 함께 있다가는 자신의 처지가 난감하게 되리라는 것을 알았기에 당아희는 발 빠르게 몸을 빼내 숲 밖으로 도망치고 있었다.

이성민은 그런 당아희를 잡지 않았다. 어차피 몇 달 뒤, 당아희의 생일 때 당가를 찾아간다면 암존과 만날 수 있다.

당아희 따위에게 신경을 써주는 것보다는 스칼렛과 만나 그녀와 함께 이 숲을 탈출하는 것이 먼저다.

김종현이 대체 이 숲에서 무엇을 노렸고, 그가 노리던 바가 이루어졌는가까지는 알지 못했지만. 그런 것보다는 스칼렛을 만나는 것이 먼저다.

[온다.]

뛰던 중, 허주가 경고했다.

쿠오오오!

거센 바람이 몰아쳤다.

바람과 함께 이성민의 앞에 떨어진 것은 시커먼 장포를 휘날리는 흑룡협이었다.

그가 몰고 온 바람은 단순한 바람이 아닌, 그의 몸에서 뿜어져 나오는 어마어마한 힘의 형상이었다.

과시하듯 기운을 조금도 줄이지 않고 등장한 흑룡협은 멈춰 선 이성민을 빤히 보았다.

'누구지?'

창왕은 아니다. 월후일 리도 없다. 설마 무신? 이성민은 자신도 모르게 천외천의 정점에 선 무신을 떠올렸다.

그만큼 이성민을 가로막은 흑룡협의 기운은 대단했다.

아니, 냉정하게.

이성민은 호흡을 가다듬었다. 눈앞에 선 남자. 어마어마하게 강하다는 것은 틀림없는 사실이었으나, 사마련주와 비교해 보니 조금은 부족한 듯싶었다.

[저 새끼는 뭐냐?]

이성민의 머릿속에서 허주가 목소리를 냈다.

[용의 기운이 느껴진다. 그렇다고 용은 아닌 것 같은데……반쪽이군.]

'흑룡협.'

허주의 말에 이성민은 상대가 누구인지 알았다.

무림맹주, 흑룡협.

그의 정체를 안 순간 이성민은 적잖게 당황할 수밖에 없었다. 흑룡협이 왜 여기에 나타났단 말인가? 그는 무림맹이 있는 크론에 있어야 할 텐데?

"귀창?"

흑룡협이 먼저 입을 열었다. 흑룡협이 어떻게 여기에 나타났는지. 그것이 중요한 일은 아니다. 흑룡협이 '왜' 여기에 나타났는가가 중요한 것이다. 그리고 왜 그가 자신의 앞을 가로막고 있는지도.

우호적인 입장은 아닐 테지. 당연한 일이다.

따지고 보면 이성민에게 모든 누명을 뒤집어씌운 당사자가 무림맹주 흑룡협이고 그는 육존자는 아니지만, 천외천과 연결되어 있다.

덕분에 이성민은 긴장한 얼굴로 흑룡협을 노려 볼 수밖에 없었다.

이성민이 갑작스러운 흑룡협의 등장에 혼란을 느끼듯이, 흑룡협 역시 혼란을 느끼고 있었다.

귀창, 이성민이 이곳에 있음은 익히 알고 있었다.

낯설지 않다.

귀창의 얼굴은 보고를 통해 몇 번인가 보았던 적이 있다. 그래서 낯설지 않은 것은 당연한 것이겠지만, 흑룡협은 이성민에게서 다른 무언가를 느끼고 있었다.

이게 뭐지? 흑룡협의 두 눈이 바르르 떨렸다.

그리움.

'그리움? 내가?'

대체 왜 그런 감정을 느낀단 말인가? 동요하지 않으려고 했지만 흑룡협의 감정은 그의 마음대로 되지 않았다.

이성민은 '무언가'에 동요하여 머뭇거리는 흑룡협을 상대로 어떤 대응을 보여야 할지를 잠깐 고민했다.

사실 그에게 있어서 가장 좋은 선택은 흑룡협과 싸우지 않고서 스칼렛을 데리고 탈출하는 것이다.

탈출할 수단은 있다. 설령 흑룡협이 추격해 온다고 해도, 아직 이성민은 요정마를 탈 수 있는 기회를 두 번이나 가지고 있었다.

'아깝기는 하지만.'

괜히 아껴서 똥 되는 것보다는 낫다.

이성민의 별호를 부르고서 침묵하고 있던 흑룡협은 아랫입술을 빠득 씹었다.

그는 자신이 느끼고 있는 그리움이 대체 무엇에 대한 그리움인지 알 수가 없었다.

동족에 대한 그리움인가? 흑룡협은 다른 드래곤을 만나 본 적이 없었다.

아버지가 드래곤이라고는 했지만, 인간이었던 어머니는 드래곤인 아버지에 대한 쓸만한 기억도 가지고 있지 못했고 흑룡협을 낳은 후유증으로 그리 긴 시간을 살지 못하고 죽어버렸다.

'나는 다른 드래곤을 만나 본 적이 없다…… 그래서 그리움을 느끼는 건가?'

그런 것 따위에 휘둘리고 싶지는 않다. 반인반룡이라고는 해도, 흑룡협은 드래곤인 자신을 그리 좋아하지는 않았다.

드래곤인 아버지는 얼굴 한 번 본 적도 없고 흑룡협을 자식으로서 키워 준 어미는 반인반룡을 출산한 후유증 덕에 오래 살지도 못했다.

그래도 언젠가 아버지를 만나보고 싶다는 생각을 하곤 했다. 놈도 나와 같은 반인반룡인 것일까?

그런 생각을 하면서 흑룡협은 더욱 드래곤으로서의 기운을 끌어올렸다.

이성민을 한번 만나보고 싶었고, 이성민에게서 드래곤의 기운이 느껴진다는 것에 흑룡협은 묘한 동족감을 느끼고 있었다.

쿠우우웅!

강렬한 압박감이 이성민을 덮쳐왔다. 드래곤의 프레셔였다.

갑작스레 덮쳐 온 압박감에 저항하기 위해, 이성민도 드래곤의 프레셔를 끌어냈다.

쿠우웅!

이제는 사라져 버린 드래곤의 프레셔가 서로 충돌했다. 흑룡협의 두 눈이 크게 떠졌다.

"아……!"

누군가가 설명해 주지 않았어도, 흑룡협은 본능적으로 알았다. 자신이 느끼고 있는 그리움의 이유가 무엇인지. 흑룡협은 머뭇거리며 입을 열었다.

"아…… 아버지……?"

"……뭐?"

그 말에 이성민이 어이없다는 표정을 지었다. 흑룡협도 자신이 한 말이 얼마나 우스운 것인지 알고서 헛기침을 내뱉었다.

하지만 묘하기 짝이 없었다. 흑룡협은 이성민에게서 만난 적도 없는 아버지의 기운을 느끼고 있었다.

"아니, 그럴 리가 없지. 내 아버지가 너처럼 약할 리가 없어. 너는 대체 뭐냐……?"

[설마.]

흑룡협의 질문에 허주가 슬며시 입을 열었다.

[내가 죽인 드래곤이 저놈의 아버지 아닐까?]

'뭐?'

[그렇지 않고서야 저놈이 너한테 아버지냐고 말할 리가 없지 않느냐. 그리고 보니까 네가 발산하는 드래곤의 프레셔와 저놈의 프레셔가 굉장히 닮아 있기는 해.]

만약 그런 것이라면 일이 제대로 꼬이게 된다.

이성민은 눈썹을 찌푸렸다.

그러는 동안 흑룡협은 어떠한 가설을 세우고 있었다.

귀창이 자신의 아버지인 드래곤일 리는 없다. 그렇다면 왜 그에게 자신과 같은 기운이 풍기는 것일까?

'형제?'

설마 그럴 리가. 반인반룡이 태어나는 확률은 기적과 같은 것이다.

설마 같은 드래곤이 두 명이나 되는 반인반룡을 태어나게 했으리라고는 상상할 수가 없다. 그렇다면…… 흑룡협의 눈에 시커먼 살의가 깃들었다.

'드래곤 하트.'

인간이 드래곤 하트를 취했다는 것은 불가능한 일이겠지만, 흑룡협은 그 외의 다른 가능성을 떠올릴 수가 없었다.

그는 빠득 이를 갈면서 성큼 발을 뻗었다. 뒤섞여 그 근본을 알 수가 없는 격한 분노가 흑룡협의 감정을 들끓게 했다.

삼백 년이 넘는 세월을 살면서 언젠가 아버지를 다시 만나게 되지 않을까 은근히 바라 왔는데.

설마 지금에 와서 이런 식으로 아버지의 흔적과 다시 만나게 될 줄이야.

"드래곤 하트를 먹었구나."

흑룡협의 얼굴이 싸늘하게 굳었다. 그를 중심으로 넘실거리던 시커먼 기운이 뚜렷한 살의를 갖춘 강기가 되었다.

"내 아버지의 드래곤 하트를."

[너 좆됐다.]

허주가 이죽거렸다. 이성민은 내심 억울함을 느낄 수밖에 없었다. 드래곤 하트를 먹기는 했지만, 따지고 보면 흑룡협의 아버지를 죽인 것은 허주 아닌가.

[이 싸가지 없는 새끼. 이 어르신이 너 잘되라고 준 것인데 고마움은 느끼지 못할망정 이 어르신한테 책임을 떠넘겨?]

'많고 많은 드래곤 중에서 왜 저 새끼의 아버지를 죽인 거야?'

[내가 그 새끼가 저런 새끼를 깠으리라 생각이나 했겠냐? 어? 괜히 나한테 지랄하지 말고 준비나 해!]

허주가 고함을 질렀다. 그의 경고대로였다.

쉬익!

땅을 박찬 흑룡협이 이성민을 향해 뛰어들었다. 사마련주의 질풍신뢰만큼은 아니었지만, 순간이나마 기척을 놓치는 것이 당연할 정도로 흑룡협의 접근은 쾌속했다.

이성민은 경계하여 들고 있던 창에 회전을 가하면서 앞으로 내질렀다.

꽈아앙!

흑룡협의 손등과 이성민의 창이 충돌했다. 이성민은 창끝에서 느껴지는 견고함에 두 눈을 움찔 떨었다.

흑룡협의 손등은 새카만 비늘에 덮여 있었다.

[드래곤의 비늘이다. 아무리 너라고 해도 쉽게 뚫을 수 없을 것이다.]

허주가 충고했다. 그렇다면 너는 어떻게 뚫었는데? 이성민이 반문하자, 허주가 으스대며 말했다.

[맨주먹으로 때려 부쉈지.]

이성민에게는 불가능한 조언이다. 이성민은 발을 뒤로 빼면서 흑뢰번천과 자하신공을 끌어올렸다.

파직!

절명섬 뇌광이 연달아 쏘아졌다. 하지만 흑룡협은 드래곤의 비늘을 두른 양손을 교차로 휘두르면서 절명섬을 막아냈다.

흑룡협의 방어는 호신강기 외에도 드래곤 비늘의 보호를 받고 있었기 때문에 뚫는 것이 불가능했다.

'전력을 다한다면 뚫을 수 있을까?'

그런 확신조차 가질 수가 없었다. 이성민도 아직 여유가 있기는 했지만, 흑룡협은 이성민보다 더 많은 여유를 두고 있는 것만 같았다.

세간에 알려진 흑룡협의 무위는 그의 진짜 실력보다 훨씬 절하되어 있었다.

사마련주보다는 아니겠지만, 지금의 이성민이 상대하기 힘든 고수라는 것은 분명했다.

일시적인 흥분과 분노. 흑룡협은 그를 내려놓았다.

아버지의 원수…… 라는 생각은 하지 않는다. 이성민이 그 드래곤을 죽였을 리가 없으니까. 우연히, 그가 취한 드래곤 하트가 아버지의 것이었겠지.

그래, 질 나쁜 우연일 뿐이다. 흑룡협이 이성민을 아버지의 원수라고 여길 것까지는 없다.

다만 마음이 불편하고 짜증스러울 뿐. 얼굴 한 번 본 적이 없던, 언젠가 다시 만나게 될지도 모를 아버지의 죽음을 이렇게 알게 되었다는 것이 불쾌할 뿐이다.

'생각보다 공격이 날카롭다.'

창왕의 창만큼은 아니다. 하지만 앞으로의 가능성을 생각해 본다면 위험한가. 천외천에 끌어들일 수 있다면 더할 나위 없겠지만…… 대체 왜 내버려 두라는 것이지?

이 정도로 위험한 인재. 앞으로 어찌 될지 모르는 가능성. 게다가 사마련주, 그 괴물의 후계자 아닌가.

지금이라면 확실히 죽일 수 있다. 어려운 일은 아닐 것이다. 이 먼 거리를 날아왔고, 브레스도 두 번이나 쏴 갈기기는 했지만.

여기서 이성민을 죽일 여유는 충분히 있다. 흑룡협의 두 눈이 스산한 빛을 담았다. 여기서 죽여둔다. 그렇게 마음을 먹은 순간.

무언가가 공간을 꿰뚫고 들어와 흑룡협의 가슴팍을 노렸다. 흑룡협은 갑작스러운 맹공에 당황하여 급히 뒤로 물러서면서 방어를 굳건히 세웠다.

꽈아앙!

묵직한 충격과 함께 흑룡협의 몸이 뒤로 쭉 밀려났다.

"크읍!"

호신강기에 비늘까지 세웠는데도 충격을 온전히 넘기지 못했다. 흑룡협은 두 눈을 부릅뜨고서 가슴에 닿아 멈춘 무기를 보았다.

시커먼 색의 단창. 흑룡협이 노성을 터뜨렸다.

"창왕!"

프레셔를 가득 담은 고함이 숲을 뒤흔들었다.

갑작스레 파고들어 온 공격에 놀란 것은 이성민도 마찬가지였다.

그가 진정으로 경악한 이유는, 공간을 꿰뚫고 들어온 단창의 투척이 흑룡협과 충돌할 때까지 미리 간파하지 못했다는 사실 때문이었다.

"왜 나를 방해하는 것이오?!"

흑룡협은 계속해서 고함을 질렀다. 그 어떤 존재보다 위대하다는, 지독하게도 오만한 종족인 드래곤의 프레셔가 멈추지 않고서 계속해서 터져 나왔다.

이성민은 얼굴을 찌푸리며 조금 뒤로 물러섰다.

흑룡협은 진심으로 분노하고 있었다. 방금 전, 창왕의 공격. 방어가 조금이라도 늦었거나 물렀더라면 치명상이 되었을 정도로 날카로웠기 때문이다.

흑룡협의 가슴에 닿아 있던 단창이 바르르 떨리더니 쏘아졌던 곳으로 되돌아갔다.

그리 멀지 않은 곳에 창왕이 서 있었다. 그는 이성민을 보지 않고 부릅뜬 눈으로 흑룡협을 노려보고 있었다.

"내 먹잇감이다."

창왕이 내뱉었다. 아까 전, 숲에 들어오기 전에 마주했던 창왕과는 전혀 다른 인물이 그곳에 서 있었다.

무에 미치고 싸움을 갈망하는 무인이 아닌, 세상 전체를 찢어발길 듯 매서운 살기를 내뿜는 괴물이 그곳에 있었다.

"네가 내 먹잇감을 빼앗으려 하는 것이냐!"

창왕이 고함을 질렀다. 그 외침에 흑룡협의 얼굴이 일그러졌다.

"먹잇감이라니, 말 같지도 않은 소리를……!"

"저놈을 상대하라 한 것은 다름 아닌 무신이었다. 무신이, 나한테! 나한테 저놈과 싸우라 했단 말이다."

"그렇다면 지금 당장 귀창과 싸워 저놈을 죽이시오!"

흑룡협이 다시 외치자 창왕은 그제야 이성민을 힐긋 보았다.

"아니. 나는 지금 싸우지 않는다."

"……뭐요?"

"다음에."

창왕이 힘을 주어 내뱉었다.

"내가 만전이고, 저놈이 만전일 때에. 그때에 싸우기로 이미 약속을 하였다."

"이런 미친!"

창왕의 대답에 흑룡협이 욕설을 내뱉었다. 그는 시커먼 강기에 휘감긴 손을 이성민을 향해 휘둘렀다.

이성민은 당황하지 않고 창을 휘둘러 그를 받아 넘겨냈다. 이성민이 반격하려는 순간이었다.

"이놈!"

창왕이 매서운 고함을 내지르며 단창을 집어 던졌다.

콰콰콰!

공간을 찢어발기고 날아오는 단창은 눈으로 보아도 피하거나 막을 수 있는 것이 아닌 것만 같았다.

하지만 흑룡협은 물러서지 않고 양손을 앞으로 뻗었다.

꽈아앙!

공간 전체를 뒤흔드는 충격음이 사방으로 울려 퍼졌다.

"내 먹잇감을 빼앗지 마라!"

"개소리 좀 그만하시오!"

창왕의 외침에 흑룡협이 답답한 심정으로 내뱉었다.

[지금이 기회로군.]

두 괴물이 외쳐대는 중에, 허주가 소곤거렸다.

[튀자.]

마침 이성민도 그럴 생각이었다.

[가라.]

이성민이 자리를 벗어나려 하기도 전에 창왕이 먼저 그런 전음을 보내왔다.

단창을 던지는 것과 함께 몸을 날린 창왕은 아무것도 없는 양손을 활짝 벌렸다.

흑룡협에게 던졌던 두 자루의 단창이 순식간에 창왕의 손으로 되돌아갔다.

창왕은 공중에서 몸을 반 바퀴 돌리면서 두 자루의 창을 맹렬하게 휘둘렀다.

꽈과광!

얼굴을 일그러뜨린 흑룡협은 양팔을 휘저으며 그런 창왕의 공격에 맞섰다.

양팔을 덮은 시커먼 드래곤의 비늘에 호신강기가 깃든다.

날카롭게 솟구친 강기와 비늘은 흑룡협의 양팔을 한 쌍의 칼날로 만들었다.

철천지원수처럼 엉겨 붙어 싸워대는 둘을 보며 이성민은 어처구니가 없었다.

사실 일방적으로 싸움을 걸고 있는 것은 창왕이었다.

그는 같은 천외천 소속인 흑룡협을 상대로 주저 없이 살초를 연달아 펼쳤고 흑룡협은 자신을 죽이기 위해 들어오는 두 자루의 창에 저항하기 위해 쉼 없이 강기를 쏟아내고 있었다.

[왜 나를 보내주는 거냐?]

[너와는 다음에 싸우기로 약속했다. 지금 이 자리에서 너와 싸우는 것은 재미가 없을 것 같으니 뒤로 미루었는데, 이 병신 같은 도마뱀 놈이 방해하고 있잖나!]

그렇게 말하기는 했지만, 창왕은 오히려 지금 이렇게 된 것이 잘되었다고 여기고 있었다.

그는 아직 흑룡협과 싸워보지 못했다. 지금을 기회로 삼아 흑룡협과 싸워보고 다음에 이성민과 싸운다면 창왕의 입장에서는 일거양득이었다.

투쟁심을 중심에 두고 행동하는 창왕을, 이성민은 이해할 수가 없었다.

하지만 지금이 기회인 것은 틀림없었다. 창왕은 지금 어떻게 해서든 이성민을 노방치게 둘 생각이었다.

흑룡협이 가만 보고 있지는 않겠지만, 반인반룡인 흑룡협도 창왕을 쉬이 돌파할 수가 없었다.

창왕이 이룩해 낸 무의 경지는 천외천 내에서도 무신 다음이라 평해질 정도였다.

"이 미친 새끼!"

흑룡협은 답답한 마음에 욕설을 터뜨렸다. 둘이 다투는 사이에 이성민은 빠르게 경공을 펼쳐 그 장소를 벗어났다.

왜 무림맹주 흑룡협이 이곳까지 직접 온 것인지, 그것은 아직까지 수수께끼였으나 이성민은 더 이상 궁금해하지 않았다.

마탑주들이 모였다. 그들은 살아남은 이들의 숫자를 헤아리면서 참담함에 얼굴을 찌푸렸다.

대부분이 죽었다. 그나마 다행인 것은 마탑주들 전원이 생존했다는 것이었지만, 토벌을 위해 이곳까지 왔던 마법병단은 전멸해 버렸다.

마법병단 전체를 보면 그리 큰 피해라고 할 것은 아니겠지만, 수십에 달하는 마법사가 허무하게 몰살당했다는 사실에 마탑주들은 책임을 느낄 수밖에 없었다.

"내가 말했죠?"

스칼렛이 내뱉었다.

"괜한 지랄이었다고요, 괜한 지랄. 기껏 여기까지 왔는데 김종현의 얼굴도 보지 못했잖아요."

쿠웅, 쿠우웅!

숲 전체가 뒤흔들리는 진동. 스칼렛은 소리가 들리는 방향을 힐긋 보며 말했다.

"뭔가 벌어지는 것 같기는 한데, 여러분. 가서 괜히 죽고 싶지는 않잖아요?"

토벌은 실패다. 모두가 그것을 알고 있었다. 피해를 입은 것은 마법병단뿐만이 아니다.

의뢰를 받아 지원하러 온 매드독 용병단도 많은 피해를 입었다.

하지만 도베르만의 표정은 그리 나쁘지 않았다. 그의 부관인 시츄와 허스키는 죽어버렸고, 대부분의 많은 용병이 죽기는 했지만, 단장인 그는 살아남았다.

게다가 마법사 길드와 인연까지 맺었으니 결코 손해 보는 장사는 아니다. 용병단은 언제고 다시 만들면 되는 것이니까.

"뭐해요? 돌아가지 않고. 괜히 여기 또 남아 있다가 불똥 맞아 다 죽고 싶어요?"

스칼렛은 마탑주들을 쭉 보면서 말했다. 특히 그녀가 시선을 준 것은 녹색 마탑주였다.

스칼렛이 이 숲과 토벌에 묶여 있는 것은 녹색 마탑주와의 약속 때문이었으니까.

스칼렛의 노골적인 시선에 녹색 마탑주가 천천히 머리를 끄덕거렸다.

"숲의 마법은 그리모어의 마법이었네."

녹색 마탑주가 로이드를 힐긋 보았다.

"김종현이 그리모어를 해석하고 그 마법을 다루고 있다는 것이 증명된 거야. 이 악마적인 마법과 우리가 다루는 마법은 비교가 안 돼."

"그를 내버려 두어야 한다는 겁니까?"

백색 마탑주가 불안한 표정을 지으며 말을 꺼냈다. 지친 표정을 하고 있던 성기사단장이 입을 열었다.

"그는 마족까지 소환하였습니다."

"그래서 우리가 뭘 할 수 있다는 거죠? 우리가 다 같이 목숨을 바쳐서 김종현을 막으러 갈까요? 그리고 다 같이 죽고? 나는 그런 개죽음은 사양이에요. 그리고 우리가 목숨을 바친다고 해서 김종현을 죽이고 그리모어를 빼앗을 수 있다는 보장도 없잖아요?"

백색 마탑주와 성기사단장이 입을 다물었다. 그들의 침묵에 스칼렛은 힘을 입어 계속해서 말했다.

"여기서는 물러서고 다음 기회를 보는 것이야말로 우리가 할 수 있는 최고의 선택일 거예요. 까놓고 말해서 우리가 여기서 사이좋게 개죽음당할 정도로 하찮은 인물들은 아니잖아요?"

스칼렛은 두 눈에 힘을 주고서 마탑주들과 하나씩 눈을 맞대었다.

"그리고 우리에게는 그리모어의 쌍둥이 마도서인 그리에스가 있잖아요. 김종현이 그리모어를 해석하여 끔찍한 마법을 펼치게 되었듯이, 우리도 그리에스를 해석하여 그리에스의 마법을 손에 넣는 것이 먼저 아니겠어요?"

그 말은 로이드와 다른 마탑주들의 마음을 움직이게 하였다. 마탑주라고 하지만 마법사 길드의 대표는 아니다.

마법사 길드의 대표를 맡은 이들은, 지금은 현역에서 물러나 있는 늙은 원로들이다.

그들이야말로 마법사 길드가 가진 가장 뛰어나고 강력한 마법사들이라고 할 수 있다.

"원로원을 설득하는 것이 먼저겠군."

로이드가 한숨을 쉬며 말했다. 사정을 모르는 길드 외의 사람들은 마탑주가 마법사 길드에서 가장 실력이 뛰어난 마법사들이고 마법사 길드를 움직이는 실세라고 여긴다.

반은 맞고 반은 틀린 말이다. 마탑주가 뛰어난 마법사들이라는 것은 부정할 수 없는 사실이지만, 그렇다고 그들이 마법사 길드의 실세인 것은 아니다.

마탑주 중에서 가장 나이가 많은 녹색 마탑주조차도 원로원의 늙은 마법사들에게는 어린아이 취급을 당한다.

"일단…… 물러섭시다. 적색 마탑주의 말이 맞습니다. 이곳에 더 있어 봤자, 모두 개죽음을 면치 못할 겁니다."

로이드가 그렇게 말하자, 스칼렛은 마음속으로 쾌재를 불렀다. 녹색 마탑주도 머리를 끄덕거리며 로이드의 말에 찬동했다.

숲에서 떠나기 위해 물러서던 도중, 마법사들은 모용세가와 무림맹의 무사들과 조우했다.

당아희는 진즉에 숲에서 도망쳤고, 백결무혼단의 단주인 취걸도 맹주의 명령을 핑계로 숲을 나가 버렸다.

덕분에 명령권자 없이 숲을 떠돌고 있던 백결무혼단은 모용대운의 명령을 따르고 있었다.

"숲을 나가는 것이오?"

모용대운이 물었다. 그 질문에 로이드가 머리를 끄덕거렸다.

"토벌은 실패했습니다. 이미 많은 희생이 나버렸지만, 더 이상의 희생을 줄이기 위해서라도 이 숲을 나가려 합니다."

"귀창을 만나지는 못했소?"

김종현의 목숨은 모용대운의 알 바가 아니었다. 그는 로이드를 똑바로 바라보면서 질문했다. 그 질문에 로이드가 눈썹을 찡그렸다.

"만나지 못했습니다."

"거짓말을 하는 것 아니오?"

모용대운이 다시 질문했다. 그는 로이드와 이성민 사이에 모종의 약속이 있었음을 알았기 때문에, 로이드를 노골적으로 의심하고 있었다.

모용대운의 질문에 로이드의 눈썹이 꿈틀거렸다.

상대가 명문세가인 모용세가의 가주라고는 하지만, 로이드 역시 마탑 중에서 가장 강맹한 금색 마탑의 주인이다. 모용대운에게 굽힐 만한 입장이 아니었다.

"나를 의심하는 겁니까?"

"귀창과 인연이 있다는 것은 금색 마탑주, 당신도 인정하지 않았소이까?"

"무림의 은원을 마법사인 나한테 들고 와서 따지지 마십시오."

"내 딸이 죽었소."

모용대운의 두 눈에서 시퍼런 살의가 떠올랐다.

"말을 조심하는 것이 좋을 거요."

"말을 조심해야 하는 것은 내가 아닌 당신입니다."

모용대운이 내뱉는 말에 로이드도 물러서지 않고서 대꾸했다. 그의 금색 머리카락의 끝이 바르르 떨리더니 조금씩 위로 떠오르기 시작했다.

"적색 마탑주를 넘기시오."

더 이상 추궁해 봐야 의미가 없다고 여겼기에 모용대운은 스칼렛을 힐긋 보면서 말했다. 그 말에 스칼렛이 헛웃음을 흘렸다.

"저 늙은이가 뭐라고 지껄여 대는 거야?"

"지금 무슨 말도 안 되는 말을 하는 겁니까?"

로이드는 스칼렛과 크게 다르지 않은 기분을 느끼면서 그렇게 되물었다. 하지만 모용대운은 물러서지 않았다.

"적색 마탑주를 잡아 둔다면 귀창은 반드시 나타날 것이오. 서로의 입장이 있겠지만, 나한테는 내 딸의 원수를 갚는 것이 세상 무엇보다 중요한 일이오."

"그래서…… 적색 마탑주를 당신에게 넘기라는 겁니까?"

"그녀에게 위해는 가하지 않겠소. 귀창을 처리한다면 반드시……."

"개소리."

녹색 마탑주가 이죽거렸다. 그는 주름 가득한 얼굴을 찌푸리며 성큼성큼 앞으로 나섰다.

모용대운의 앞을 가로막은 녹색 마탑주의 손에는 어느새 짧막한 완드가 쥐어져 있었다.

"마법사 길드를 우습게 봐도 한참을 우습게 봤군. 우리가 골방에 틀어박혀 책이나 넘기고 글자나 끄적이는 겁쟁이들이라 여긴 겐가?"

녹색 마탑주의 목소리에 짜증이 가득 실렸다.

"모용가주. 댁의 행동이 얼마나 무례한 것인가 자각하지 못하는 겐가? 우리에게 무언가를 요구하고 싶거든 정식으로 절차를 밟고서 마법사 길드와 교섭을 해야지. 지금 이게 대체 무슨 무례란 말이야?"

"나에게…… 이성을 기대하지 마시오."

녹색 마탑주의 말에 모용대운이 이를 갈면서 내뱉었다. 그의 손이 허리춤의 검자루로 향했다.

살아남은 모용세가의 무사들도 가주의 뜻에 따라 검을 잡았다.

백결무혼단의 무사들은 잠깐 머뭇거렸지만, 취걸이 모습을 감춘 지금 상황에서 그들을 통솔하고 있는 것은 백검학 모용대운이었다.

결국 그들 역시 무기를 손에 쥐었다.

"당신들이 협조하지 않는다면…… 내가 보다 더 무례해질 수도 있겠지."

모용대운의 말은 누가 들어도 알 수 있을 만큼 노골적인 협박이었다.

짜증이 가득 솟은 스칼렛이 뭐라 말하려던 순간, 녹색 마탑주가 손을 들어 스칼렛의 말문을 막았다.

"댁의 협박에 우리가 몇 발 물러서 줄 것이라고 생각한 것이라면 오산이야."

스칼렛은 설마 녹색 마탑주가 자신을 보호하기 위해 나설 것이라고는 생각하지 못했기에, 조금 당황할 수밖에 없었다.

나선 것은 녹색 마탑주뿐만이 아니었다. 로이드도 완전히 분노하여 금색 마력을 끌어 올리고 있었고, 백색 마탑주도 굳은 얼굴로 모용가주를 노려 보았다.

이 상황에서 중립인 것은 성기사단장과 용병들뿐이었다.

"나에게 무례함을 강요하는군."

모용대운이 중얼거렸다.

쐐액!

그 말이 끝남과 동시에 모용대운의 검이 뽑혔다. 발도하여 휘두른 검이 바로 앞에 있는 녹색 마탑주를 노렸다.

녹색 마탑주가 급히 방어 마법을 펼치려 했으나, 그보다 빠르게 모용대운의 검이 녹색 마탑주의 목젖을 베고 스쳐 지나갔다.

"미친 새끼!"

스칼렛이 비명을 질렀다. 목이 반쯤 베어진 녹색 마탑주는 비틀거리며 뒷걸음질 쳤다.

깊이 베인 상처에서 피가 뿜어진다. 녹색 마탑주의 입에서 피거품이 올라왔다.

"진짜 미쳤군."

녹색 마탑주의 입이 열렸다. 상처가 순식간에 치유된다. 엘릭서를 붓지 않았음에도 베인 상처가 깨끗하게 달라붙었다.

녹색 마탑주는 입에 가득 찼던 핏물을 퉤 뱉으면서 모용대운을 노려보았다. 녹색 마탑주가 평생을 바쳐 이루고자 한 비원은 불사의 마법이다.

불로는 완성하지 못했지만, 그는 모든 마법사 중에서 인간으로서 이루어 낼 수 있는 불사에 가장 가까운 인물이었다.

"아까까지는 늦지 않았었는데, 지금은 늦어버렸어. 댁의 머저리 같은 행동과 야만적인 무례함 덕에 마법사 길드는 무림맹과 척을 지게 되어버렸다고."

"그게 나랑 무슨 상관이오."

베인 녹색 마탑주의 목이 멀쩡히 붙는 것을 눈앞에서 보았지만, 모용대운은 조금도 놀라지 않았다.

"무림맹이고 뭐고 나한테는 중요하지 않소."

모용대운의 표정이 싸늘해졌다.

살아남은 마탑주와 마법사들은 살기를 흩뿌리며 무기를 뽑아 드는 모용세가 무사들과 무림맹의 백결무흔단에게 겁을 먹지는 않았다.

많은 피해를 입었다고 한들, 그들은 현역에서 왕성하게 활동하는 전투 마법사였고 각자의 분야에서 정점에 가까운 곳에 선 마탑주들이다.

게다가 무리한 토벌을 통해 전력이 크게 준 것은 무림인들이나 마법사들이나 마찬가지였다.

모용세가주가 검을 휘두르려는 순간, 로이드가 즉시 수인을 맺었다.

영창 대신 수인으로 발현시킨 마법은 위력이 떨어지지만, 속도에서 앞선다.

파지지직!

튀어나간 금색 전류가 모용대운의 몸을 덮쳤다.

모용대운이 검을 휘둘렀지만, 로이드가 쏘아낸 전류는 검을 집어삼키고 모용대운의 몸을 관통하려 했다.

쿠르릉!

구름처럼 일어난 호신강기와 전류가 충돌한다. 치명상은 아니어도 근육을 놀라게 하기에는 충분한 공격이었다.

녹색 마탑주의 팔이 쭉 뻗어졌다. 모용대운은 그 느리고 늙

어빠진 팔에 자비 없이 검기를 뿌렸다.

써거걱!

녹색 마탑주가 뻗은 팔이 수십 조각으로 잘린다. 뿌려지는 피와 살점, 뼈를 보며 녹색 마탑주가 입술을 달싹거렸다.

흩어지는 살점이 비산하는 와중에 꿈틀거린다.

수십 개의 살점에서 수십 줄기의 녹색 넝쿨이 치솟았다. 낭창거리는 넝쿨들이 덮쳐오자 모용대운이 놀라며 소리쳤다.

잘린 팔에서 뼈가 길쭉하게 돋는 것을 시작으로 녹색 마탑주의 팔이 순식간에 재생되었다.

녹색 마탑주는 넝쿨을 베어내기 위해 검을 휘두르는 모용대운을 노려보며 양손으로 수인을 맺었다.

꾸르르륵!

모용대운을 덮치던 넝쿨들이 부푼다. 넝쿨의 끝에서 활짝 피어난 것은 이빨이 날카로운 식인 식물이었다.

그러는 사이에 백색 마탑주도 마법을 준비했다. 긴 영창과 복잡한 수인 끝에, 백색 마탑주의 몸에서 새하얀 빛이 뿜어져 나왔다.

그것은 그들 주변에 모여 있던 마법사와 성기사들의 상처를 치료하고 지친 몸과 정신에 활력을 되찾게 하는 마법이었다.

그 외에도 다양한 버프 마법들이 복합적으로 펼쳐졌다.

설마 마법사 길드 전체가 자신을 보호하기 위해 나설 것이라고는 생각하지 못했기에, 스칼렛은 여전히 당황하고 있었다.

[이래도 괜찮겠어요?]

[무슨 말인가?]

로이드는 금색 광채에 휘감기고서 천천히 떠오르고 있었다.

그는 스칼렛의 텔레파시에 답을 보내면서 검지를 들어 올렸다.

손끝에 더욱 환한 빛이 맺히더니, 로이드가 가리킨 방향을 향해 일직선의 빛이 쏘아졌다.

퍼엉!

그 빛에 적중당한 무림인 중 하나가 비명도 지르지 못하고 터져 죽었다.

[진짜 무림맹과 완전히 갈라설 생각이에요?]

[그렇다면 여기서 자네를 무림맹에 넘겨야 했나?]

로이드가 되물었다. 그 말에 스칼렛은 똥 씹은 표정이 되었다.

대화에 마냥 집중하는 것은 아니었다. 주문각인을 사용하기 위한 장갑을 끼고서, 스칼렛은 전투를 준비했다.

[모용가주가 돌아버렸어. 그가 아무리 뛰어난 고수라고 해도 전력은 우리가 압도적으로 유리해. 왜 그가 싸움을 건 것인지 알 수가 없군.]

로이드가 의문을 가질 법도 했다. 모용대운이 초절정 중에서 손에 꼽히는 실력을 가진 고수라고 하여도, 전력은 마법사 길드 쪽이 훨씬 뛰어나다.

그 혼자서 마탑주 하나를 간신히 감당할 텐데, 셋이나 되는 마탑주를 상대하는 것은 불가능한 일이다.

[대체 무슨 근거로 싸움을 건 것이지?]

딸에 대한 복수심? 그것은 이성을 마비시키기에 충분한 계기이겠지만, 그것만을 이유로 삼아 이 많은 마법사들에게 싸움을 걸었단 말인가?

게다가 이 일. 모용가주가 말하기를 무림맹과는 상관없는 일이라고 했다.

근거 따위는 없었다.

모용대운은 필사적이었다. 죽은 모용서진은 눈에 넣어도 아프지 않을 딸이었다.

그런 딸이 죽었다. 빌어먹을 요마의 숲에서 죽어버린 탓에 시체도 수습하지 못했다.

모든 것을 목격한 무림맹 흑견단주는 귀창 이성민이 딸을 얼마나 잔혹하게 살해하였는지 침통한 얼굴로 고했고 그날 이후로 모용대운의 가슴에는 미쳐버린 악귀 한 마리가 살게 되었다.

모용대운의 이성을 마비시킨 것은 복수만을 생각하는 악귀였다.

모용세가의 무사들이 죽어나가고 백결무혼단이 죽어나가도, 그는 멈추지 않고 검을 휘둘렀다.

과연 그는 초절정의 고수다웠다. 녹색 마탑주의 식인식물은 그의 검에 베어졌고, 로이드가 쏘아내는 금색 섬광은 현란한 보법으로 피해내고 호신강기로 막는다.

모용대운은 핏발 선 눈으로 스칼렛을 보았다.

"크아아!"

모용대운은 거친 고함을 내지르며 스칼렛을 향해 달려들었다. 스칼렛은 미간을 찡그리며 그런 모용대운을 향해 손을 뻗었다.

획 하고 움직인 손끝이 허공에 문자를 만든다.

화르르륵!

시뻘건 불꽃이 문자에서 터져 나오며 모용대운을 덮친다.

"그만 좀!"

스칼렛은 짜증스러운 얼굴을 하고서 외쳤다. 그녀가 만들어낸 불꽃은 모용대운의 몸을 재로 만들지는 못했지만, 그의 접근을 가로막기에는 충분했다.

딸의 복수에 눈이 멀어 불길 속에서 허우적거리는 모용대운의 몸동작은 짜증 나면서도 애처로웠다.

스칼렛은 적당히 불꽃의 화력을 조절하면서 모용대운과의 거리를 벌렸다. 불길이 약해지자 모용대운이 고함을 지르며 일

검에 불꽃을 양단했다. 쉬지 않고 덤벼오는 모용대운의 발을 묶기 위해 스칼렛이 다른 마법을 준비할 때.

오싹.

등골을 타고 오르는 소름에 로이드가 홱 하고 머리를 돌렸다. 로이드의 눈이 크게 떠졌다.

"뭣……!?"

어둠 속에서 황금색 안광이 번쩍거린다. 모두가 '그'의 존재를 인식하였을 때.

시선이 마주친 모두가 그대로 굳어 버렸다. 스칼렛을 덮치던 모용대운도 예외는 아니었다.

초절정의 경지에서 손에 꼽히게 강한 모용대운이라 할지라도 저 안광의 앞에서는 그대로 뱀 앞의 개구리처럼 굳어버릴 수밖에 없었다.

아니, 그런 말은 모용대운을 비롯한 이곳의 모두를 과대평가한 말이다.

존재만으로 모두를 공포로 굳게 한 이는 뱀 따위가 아니었고, 모용대운을 비롯한 이곳의 모두도 저 존재에게 있어서는 개구리보다 훨씬 더 하찮았다.

"드래곤이 보여서 왔는데."

남자의 체격은 그리 크지 않았다. 키는 거의 2미터에 달해서, 비쩍 마른 고목을 연상시켰다.

그는 북슬거리는 털가죽으로 만든 옷을 걸쳤고, 피에 젖은 손을 툭툭 털었다.

거대한 위압감에 압도되어 있던 이들은 남자를 보며 사시나무처럼 몸을 떨었다.

귀랑문주, 주원. 한때 광랑이라 불렸던 라이칸슬로프.

모든 토벌대가 간과하고 있던 사실이다. 이곳. 혹한의 땅인 북쪽은 뱀파이어 퀸만의 영역이 아니다.

그녀가 똬리를 튼 최북단의 도시, 트라비아의 바깥. 이곳이 주원이 배회하는 영역이다.

주원은 천천히 걸었다. 그는 나서서 사고를 치는 성격은 아니었다.

한때는 광랑이라는 이름에 맞게 미친 듯 날뛰었던 적도 있었으나, 그런 과거는 지금의 주원에게 있어서는 먼 옛날의 기억일 뿐이었다.

주원은 굳어버린 인간들을 천천히 훑어보았다. 그의 흥미를 끄는 인간은 없었다.

제법 뛰어난 마법사, 제법 뛰어난 무림인. 그게 고작이었다.

주원은 천천히 걷기 시작했다. 광랑은 불필요한 살생을 즐겼었으나, 주원은 그런 살생을 즐기지 않는다.

죽일 가치도 없는 벌레를 굳이 나서서 짓밟으려 들지 않는다.

"으…… 으으으……!"

다가오는 주원을 보는 모용대운의 안색이 하얗게 질려간다. 저 남자가 누구인지는 알 수 없었으나, 모용대운은 생전 처음 느껴보는 거대한 공포에 질려 있었다.

공포를 앞에 둔 이들은 다양한 행동을 보인다.

모용대운을 비롯한 몇몇 무인들이 겁에 질려 한 행동은, 고함을 지르며 덤벼드는 것이었다.

"으아아!"

모용대운이 비명 같은 고함을 지르며 검을 쏘아냈다. 푸른 검강에 뒤덮인 이기어검이 주원을 향해 쏘아졌다.

주원은 날아오는 이기어검을 보며 손끝을 튕겼다. 허공에서 검이 산산이 조각났다.

박살 난 검의 파편이 사방으로 튀어나가며, 겁에 질려 덤비던 무사들의 몸을 수십 조각으로 찢었다.

"흠."

권태로움이 가득한 주원의 눈썹이 찡그려졌다. 나서서 벌레를 죽이지는 않는다. 하지만 벌레가 날아든다면 이야기는 다르지 않나.

주원은 모용대운을 향해 손을 뻗었다.

투웅!

주원이 손끝을 튕기자, 거대한 힘이 모용대운을 덮쳤다.

콰직 하는 소리와 함께 모용대운의 가슴에 커다란 구멍이 뚫렸다.

"억……!"

쩍 벌어진 입에서 피가 쏟아진다. 모용대운은 믿을 수 없다는 표정을 지으며 자신의 몸을 내려 보았다.

가슴 한복판에 난 커다란 구멍을 보고서 모용대운의 몸이 덜덜 떨렸다. 이윽고 모용대운의 몸이 힘없이 쓰러졌다.

그런 죽음이었다.

모용세가의 가주. 백검학 모용대운.

그의 죽음은 그렇게도 쉽게 이루어졌다. 딸의 원수도 갚지 못하고. 딸의 죽음에 대한 진실도 끝내 깨닫지 못하고. 그런 한 많은 죽음이었다.

모용대운에게 그런 죽음을 전해 준 주원은 여전히 권태 가득한 얼굴이었다.

그의 입장에서는 귀찮던 날벌레를 죽인 것에 지나지 않았기 때문이다.

"아…… 아아……."

아비의 죽음을 지켜본 모용찬은 믿을 수 없다는 얼굴이었다. 그는 공포로 미쳐버릴 것만 같았다.

아직 눈앞에 있는 아버지의 원수에게 덤비고 싶었으나, 모용찬의 몸은 공포로 굳어 움직이지 않았다.

"가, 가주님!"

모용찬은 겁에 질렸지만, 모용세가의 무사들은 아니었다. 그들은 악쓰듯 고함을 지르며 주원을 향해 뛰어들었다.

날벌레가 늘었다. 주원은 귀찮다는 듯 손을 휘저으며 덤비는 모용세가 무사들을 학살했다.

"음."

주원의 눈이 반짝였다. 그는 빠르게 다가오는 강렬한 존재감에 머리를 돌렸다.

파직!

전류가 튀는 소리와 함께 이성민이 장내에 도달했다.

창왕과 흑룡협이 다투는 것을 내버려 두고, 전력을 다해 스칼렛이 있는 곳까지 뛰어 이곳에 왔다. 늦지는…… 않았다.

그가 구하고자 했던 스칼렛은 상처 하나 없었으니까. 이성민은 가슴에 바람구멍이 나서 죽어 있는 모용대운과 처참하게 죽어 있는 모용세가의 무사들을 보았다.

그리고 주원도.

"……왜 당신이 이곳에 있는 것이지?"

"드래곤을 보았다."

주원이 대답했다.

“제니엘라가 김종현을 방해하지 말라 하기는 했지만, 내가 흥미가 있었던 것은 김종현이 아닌 드래곤이었다. 그래서 이 숲에 들어왔지.”

흑룡협. 이성민은 빠득 이를 갈았다. 그가 갑자기 이 숲에 난입해 온 덕에 주원이 이 숲에 이끌려 왔다.

그로 인해 모용대운이 죽었다.

모용대운의 죽음에…… 그리 큰 감정을 느끼지는 않는다. 아주 약간, 안타까움이 있기는 했다. 결국 오해를 풀지 못하게 되었으니까.

“희한하군.”

주원이 중얼거렸다. 그는 이성민을 위아래로 보면서 눈썹을 찡그렸다.

“너에게도 드래곤의 느낌이 난다.”

주원과의 재회는 반갑지 않았다. 몇 년 전, 이성민이 처음 북쪽에 왔을 때.

그는 주원과 마주쳤을 때 그의 괴물 같은 존재감에 압도되었었다. 그것은 지금도 크게 다르지 않았다.

오히려 지금의 수준에 도달하니 주원이 얼마나 강력한 괴물인지 보다 정확히 느낄 수가 있었다.

[왜 드래곤에게 흥미를 갖는 거냐?]

허주가 요력을 일으켰다. 예전에 주원을 물러서게 했을 때처럼. 허주는 요력으로 자신의 형상을 만들어 주원에게 말을 걸었다. 그 말에 주원은 머리를 들어 허주를 보았다.

"드래곤과 싸워보는 것. 그것이 호원의 숙원이었으니까."

호원이라는 이름은 이성민도 들어 본 적이 있었다. 프레데터에 있는 라이칸슬로프의 정점. 그의 이름이 호원이다.

[호원의 숙원과 네가 무슨 상관이라는 것이냐?]

"호원은 죽었다."

주원이 말했다.

"내가 죽였지. 허주, 네가 죽음을 맞고 얼마 지나지 않아서의 일이다. 호원은 자신의 힘이 정점에 달했을 때 드래곤과 싸워보고자 했었지. 하지만 호원의 숙원은 이루어지지 않았다. 드래곤은 세상에서 사라져 버렸고, 내가 호원을 죽였으니까."

[……음.]

무덤덤한 주원의 말에 허주가 작게 신음을 흘렸다.

"나의 숙원은 호원을 쓰러뜨리는 것이었고 나는 그 숙원을 이루었지. 하지만 호원의 숙원은 이루어지지 않았어."

주원은 그렇게 중얼거리면서 손을 쥐었다 폈다.

"이루어지지 못한 호원의 숙원은 그를 죽인 내가 이루어야 해."

[이거 안 좋은데.]

허주가 이성민의 머릿속에 대고 소곤거렸다.

"……잠깐."

일이 심상치 않다는 것은 이성민도 느끼고 있었다.

"……드래곤을 만나게 해주지."

지금 주원과 싸운다면 죽는다. 이건 틀림없는 사실이었다.

주원과 싸워서는 안 된다.

이성민은 손을 들어, 자신이 뛰어온 뒷길을 가리켰다.

"저곳에 드래곤이 있다."

흑룡협에게는 조금 미안한 감이 없잖아 있기는 했지만.

이성민은 흑룡협을 주원에게 팔아넘길 생각이었다.

어디서부터 잘못된 것일까.

'나는 잘못하지 않았다.'

간단히 결론을 내고서, 김종현은 몸을 일으켰다. 의식은 실패했다.

완성에 가깝던 도중에 실패했고 그것은 그나마 김종현에게 있어서는 운이 좋은 일이었다.

이 정도에서 끝났기에 망정이지, 더 이르게 실패했다가는 육체가 재구성되지 못하고 소멸해 버렸을 테니까.

"우웩!"

김종현은 입을 벌려 구토를 쏟아냈다. 채 구성되지 않은 내장의 파편이 시커먼 핏물에 섞여 쏟아진다.

김종현은 숨을 몰아쉬며 자신의 상태를 점검했다. 마왕으로서 재구성되었어야 할 육체는 어중간하게 남아버렸다.

하지만 이전보다는 나았다. 이전에는 인간의 몸으로 마왕의 마력을 사용하였는데, 이제는 어느 정도 마왕의 육체에 가까워지게 되었다.

'성공했더라면 더 좋았겠지만.'

만약 의식이 성공했더라면, 김종현은 완전하게 마왕의 힘을 손에 넣었을 것이다.

마계에 잔류한 칼라드라의 마력을 모조리 손에 넣었을 것이고 그를 바탕으로 마왕의 육체를 완전히 완성했겠지.

하지만 의식은 실패했다. 반전의 마법을 다시 사용하는 것은 불가능하다.

김종현은 까득 이를 갈았다. 기대감보다는 호기심으로 시작한 의식이었지만, 다 되었던 성공이 뒤집힌 것은 속이 쓰리다.

'아직 이 숲에 있어.'

왜 나를 죽이지 않은 것일까. 죽일 기회는 얼마든지 있었을 텐데. 김종현은 비틀거리는 몸을 이끌며 구덩이에서 빠져나왔다.

그리모어는 빛을 잃고 바닥에 널브러져 있었다. 김종현이 손을 뻗자, 그리모어가 다시 빛을 내뿜으며 공중으로 치솟았다.

"역시."

김종현은 그리모어의 책장을 넘겨보며 작은 목소리로 중얼거렸다.

아르베스도 모두 해석하지 못했던 그리모어였지만, 지금의 김종현은 그리모어의 모든 내용을 읽을 수가 있었다.

육체가 마왕에 가깝게 재구성되면서 그리모어에 새겨진 마계의 문자를 자연스럽게 이해할 수 있게 된 것이다.

'모두…… 사용하는 것은 불가능해.'

이것은 마왕을 위한 마도서다. 마왕이 현신하지 않는 이 세상에, 왜 마왕을 위한 마도서가 있는 것일까. 그리모어를 사용하기 위해서는 마왕의 마력이 필요하다.

아르베스조차 그것은 불가능했고 오직 김종현만이 그리모어의 마법을 다룰 수 있다.

'나를 위한 마도서…… 라는 말은 너무 오만하군.'

불가능해 보이지만, 마왕과의 계약을 파기하고 마왕의 마력을 다룰 수 있는 마법사도 존재하겠지.

아니, 어쩌면. 김종현은 이성민을 떠올렸다.

이성민이 검은 심장을 가지고 있다는 것은 김종현도 잘 알고 있다. 그 심장이 어떤 성질을 가지고 있는 것인지도 안다.

떠오르는 생각에 김종현의 사고가 잠깐 정지했다.

가정에 지나지 않는 일이지만. 검은 심장을 가지고 있는 이성민이라면, 마왕의 마력을 다루는 것도 가능할 것이다.

이성민 본인이 흑마법사가 될 필요도 없다. 검은 심장을 가진 그가 흑마법사의 심장을 포식한다면…….

'계약이 이전되지는 않아. 흑마법사의 마력만을 갖게 되겠지.'

그 상태의 이성민이라면 그리모어의 마법도 사용할 수 있을 것이다.

그래, 반전의 마법을. 어쩌면 이 마도서는 그를 위한 것이 아닐까.

김종현은 거기까지 미친 생각에 조용히 머리를 가로저었다.

너무 과한 생각이다. 아무리 그가 죽어 과거로 돌아오고, 거대한 운명력의 중심에 있다고 하여도.

'어쩌면 마왕이 되어야 하는 운명은…… 내가 아닌 당신이었을 지도.'

신경 쓰지 않는다. 운명력이고 나발이고. 김종현은 그리모어의 책장을 계속해서 넘겼다.

완전히 마왕으로 변이하지 못했기 때문에 그리모어의 마법 전부를 사용하는 것은 불가능했지만, 그렇다고 하여도 그리모어의 마법 중에 쓸 만한 것은 아주 많았다.

마법을 확인하면서, 김종현은 숲의 상황을 확인했다. 흑룡협과 창왕이 싸우는 것을 확인한 김종현의 눈썹이 꿈틀거렸다.

'이 새끼는 또 누구야?'

김종현은 창왕이 누구인지 모른다.

하지만 흑룡협과 창왕이 싸우는 것을 보며, 창왕이 대단한 실력을 가진 고수임은 알았다.

'주원?'

주원이 이 숲에 와있음을 확인한 김종현의 눈이 크게 뜨였다.

하지만 그는 곧 왜 주원이 이곳에 있는 것인지 파악했다. 주원이 라이칸슬로프의 왕이고, 호원의 숙원이었던 드래곤과의 싸움을 대신하여 이행하려 하고 있다는 것은 이미 알고 있다.

그래, 이 근방은 주원의 영역이었지. 흑룡협의 모습을 보고 숙원을 이행하기 위해 이 숲에 왔는가.

김종현의 입가에 비릿한 미소가 걸쳤다. 일이 어찌 될지는 알 수 없었지만, 주원의 개입으로 인해 흑룡협이 낭패를 겪게 될 것은 틀림없었다.

'한 손 거들고 싶지만…… 지금은 상태가 좋지 않군.'

아직 이 몸으로 어디까지 그리모어의 마법을 다룰 수 있는지 확인하지 않았다.

괜한 무리를 하여 몸을 상하게 하고 싶은 마음은 없었기 때문에, 김종현은 미련 없이 유령군마를 소환했다. 우선 이 자리를 이탈하기 위해서였다.

주원은 표정 없는 얼굴로 이성민을 응시했다. 잠깐의 침묵 끝에 주원이 입을 열었다.

"내가 보았던 드래곤과 네가 다르다는 것은 나도 알아. 하지만 네가 아닌 그 드래곤과 싸울 필요가 있는가?"

"나는 드래곤이 아니니까."

이성민의 말에 주원의 입가가 씰룩거렸다. 만들어진 것은 가느다란 웃음이었다.

"그렇지. 너는 드래곤은 아니야."

주원은 그렇게 중얼거리는 것으로 스스로 납득했다.

광폭한 공포와 위압감이 잦아든다.

쿵, 쿵, 쿵.

멀지 않은 방향에서 창왕과 흑룡협이 날뛰는 소리가 거듭해서 들린다.

주원은 그 방향을 물끄러미 보더니 머리를 끄덕거렸다.

"하지만 너에게 드래곤의 힘이 느껴지는 것도 사실이로군. 너와 싸우는 것으로도 호원의 숙원은 이룰 수 있을 것 같다."

[쉬운 길을 택하려는 것이냐?]

요력으로 형상을 갖춘 허주가 주원을 향해 이죽거렸다.

[이 녀석은 드래곤과 비교하자면 터무니없이 약하다. 내가 예전에 죽였던 드래곤의 심장을 먹어, 드래곤의 힘 일부를 사용하고 있을 뿐이지. 이런 애송이와 싸우는 것으로 호원의 숙원을 이룰 수 있다고 생각하는 것이냐?]

애송이라니, 말이 너무 심한 것 아닌가 싶기는 했지만. 이성민은 반발하지 않고 가만히 허주의 말을 들었다.

허주가 쏘아붙이는 말에 주원이 눈을 가늘게 뜨고서 허주를 응시했다.

"허주. 네게 있어서 그 인간이 꽤나 소중한 모양이구나."

[소중하다니. 그렇게 오그라드는 말을 쓸 정도는 아니고. 그래도 여태까지 같이해 온 정이 있는데, 너한테 개죽음당하도록 내버려 두기에는 조금 그럴 뿐이야.]

"시간이 오래 흐르기는 했군."

[광랑이라 불리며 미치광이 짓을 일삼던 네가 정중함을 흉내 내는 것과 다르지 않아.]

허주의 대답에 주원이 어깨를 들썩거리며 웃었다. 그는 천천히 머리를 끄덕거렸다.

"이제 와서 하는 말이지만. 나는 네 강함을 동경했었다. 경외했었지. 만약 네가 그때 죽지 않고 살아 있었더라면, 나는 호원을 죽이고 네게도 도전했을 것이다."

[그럼 네가 죽었겠지.]

허주의 즉답에 주원이 큭큭거리며 웃었다.

"이번에도 너를 보아 모른 척하기로 하지."

주원은 그렇게 말하며 이성민을 지나쳤다. 그가 향하는 곳은 흑룡협과 창왕이 싸우고 있는 곳이었다.

주원이 흑룡협을 죽인다면 좋을 텐데. 이성민은 그런 생각을 하며 멀어지는 주원의 등을 보았다.

"……후우!"

주원이 사라지자, 그의 존재감에 굳어 있던 이들이 안도의 한숨을 내쉬었다. 이성민은 창백하게 질려 있는 스칼렛을 향해 다가갔다.

"괜찮으십니까?"

"괜찮…… 은 것 같은데? 으으……."

스칼렛이 미간을 찡그리며 머리카락을 부여잡았다. 그녀는 멀어지는 주원의 등을 힐긋거리며 꿀꺽 침을 삼켰다.

"저건 대체 뭐하는 괴물이야?"

"……라이칸슬로프의 왕입니다. 운이 좋았어요. 놈이 이곳에서 학살을 벌이려 했다면, 나는 막기 힘들었을 겁니다."

이성민은 솔직하게 말했다. 솔직히 오늘은 거듭해서 운이 좋았다. 갑작스레 창왕과 만나게 되었으나 싸우지 않았고 흑룡협과 싸우게 된 상황에서 창왕이 도움을 주었다.

그리고 이제는 주원과 싸우게 되었는데, 흑룡협 덕분에 싸움을 피할 수가 있었다.

흑룡협, 주원, 창왕. 셋 모두 지금의 이성민이 감당하기에는 벅찬 상대들이다. 싸우게 되었다면 높은 확률로 이성민이 패배했을 것이고, 죽었을 것이다.

"이 일에 대해서는 무림맹에 책임을 묻도록 하겠습니다."

로이드는 살아남은 무림맹과 모용세가의 무사들을 향해 말했다.

모용세가의 무사들은 태반이 죽었으나, 모용대운의 아들인 모용찬은 살아 있었다.

모용찬은 로이드의 말을 제대로 듣지 못했다. 그는 멍하니 풀린 눈으로 죽은 모용대운의 시체를 보고 있었다.

그런 모용찬을 보며 이성민은 씁쓸한 기분을 느꼈지만, 그렇다고 해서 모용찬에게 위로의 말을 건네지는 않았다. 대신에 이성민은 스칼렛을 향해 물었다.

"어쩌시겠습니까?"

"뭘?"

"입장이 난처하시다면 저와 함께 사마련으로 가시지요. 스칼렛 님을 위한 자리는 마련해 드리겠습니다."

"……음."

이성민의 말에 스칼렛이 잠깐 머뭇거렸다.

솔직히, 아까까지만 해도 그녀는 이성민과 함께 사마련으로 갈 생각이었다.

하지만 지금은 조금 생각이 바뀌었다. 다른 마탑주들이 물러서지 않고 자신을 보호하려 했기 때문이었다.

"가도록 하게."

로이드가 말했다.

"이번 일로 인해 무림맹과 관계가 나빠질 것은 분명해. 그리고 무림맹 쪽에서는 자네를 압박할 것이고."

로이드는 그렇게 말하면서 이성민을 힐긋 보았다.

"정파와 사파의 입장은 마법사 길드가 알 바가 아니지만, 무림맹과 마법사 길드는 긴 세월 관계를 맺어 왔네. 그들이 정중히 요구한다면 우리도 거절하기 힘들어."

"차라리 지금 떠나라는 건가요?"

스칼렛이 묻자 로이드가 머리를 끄덕거렸다.

"그편이 서로에게 나을 듯해. 자네를 위해서도, 마법사 길드를 위해서도."

"……뭐. 나도 그렇게는 생각하는데."

스칼렛도 납득하여 머리를 끄덕거렸다. 마법사 길드에 남아 있을 필요는 크게 없다.

스칼렛은 이성민을 힐긋 보았다. 의탁하게 되는 곳도 나쁜 곳은 아니다. 어차피 몇 년 동안 적색 마탑주로 지내면서 필요한 마도서와 마법 지식은 충분히 챙겼으니, 마탑주의 자리를 그만두고 독립하는 것에 큰 문제는 없다.

“사마련에 내 방은 있겠지?”

“없지는 않겠죠.”

이성민은 그렇게 대답하며 요정마를 소환했다.

일이 어찌 될지 모르니, 아예 요정마를 써서 이곳에서 이탈할 생각이었다.

이곳에서 요정마를 사용한다면 앞으로 한 번밖에 요정마를 이용할 수 없게 되는 것이지만, 그렇다고 굳이 위험을 감수하고 싶지도 않았다.

혼자서라면 어떻게든 되겠지만 스칼렛과 함께 있으니 위험성은 최대한 배제해야만 했다.

소환된 요정마를 보며 로이드를 비롯한 다른 마법사들은 무척이나 놀란 표정을 지었다.

로이드는 경외 어린 눈으로 요정마를 보며 중얼거렸다.

“내가 아는 것이 맞다면⋯⋯ 이건 요정 여왕의 말 아닌가?”

“맞습니다.”

“요정 여왕과도 인연을 맺었다니.”

로이드는 헛웃음을 흘리며 머리를 가로저었다.

“그러고 보니 묻는 것이 늦었군. 스승님과는 만났었나?”

엔비루스에 대해 묻자 이성민은 쓴웃음을 지었다. 솔직히 엔비루스에 대해 좋은 기억은 가지고 있지 않다.

그에게도 그 나름의 입장이 있었겠지만, 그것을 제쳐 두고서라도 엔비루스가 이성민을 죽이려 들었고 약속을 이행하려 하지 않았던 것은 틀림없는 사실이었다.

"만나기는 했습니다."

"잘 지내시던 모양이지?"

"……잘 지내겠지요."

엔비루스가 죽을 뻔했고, 정령계로 가버렸다는 사실은 굳이 말하지 않았다. 이성민의 대답에 로이드가 한숨을 내쉬며 머리를 끄덕거렸다.

"어쨌든, 자네와 오래전에 한 약속. 나는 틀림없이 이행하였네."

"감사합니다."

"곤란한 부탁이었어."

로이드는 그렇게 중얼거리며 성기사단장을 힐긋 보았다.

성기사단장은 꿀 먹은 벙어리가 되어 입을 다물고 있었다. 이성민이 요정마를 소환한 것은 그가 북쪽 트라비아에서 남하해 온 이유로 충분했다.

그렇기에 성기사단장도 더 이상 이성민에게 트집을 잡지 못했다. 사실 이성민의 도움으로 목숨을 건졌으니 뭐라 할 말이

없기도 했다.

"요정마를 타게 될 날이 올 줄이야."

이성민과 함께 요정마에 오른 스칼렛이 신기하다는 듯이 중얼거렸다.

이성민이 요정마의 갈기를 쓸어내리자, 요정마가 작게 투레질 소리를 냈다.

'사마련.'

이성민이 그 장소를 떠올리자, 새하얀 빛무리가 이성민과 스칼렛을 집어삼켰다.

to be continued

Wish Books

스켈레톤 마스터

WISHBOOKS GAME FANTASY STORY

더페이서 게임 판타지 장편소설

오직 힘으로 지배되는 세상 일루전!

"스켈레톤 소환."

ㄴ 미친…….
ㄴ 저거 스켈레톤 맞아요?
ㄴ 뭐가 저렇게 세?

수백이 넘는 소환수를 지휘하는 자,
극악의 난이도를 자랑하는 직업 조폭 네크로맨서!
8년 전으로 회귀한 강무혁의 도전이 시작된다.

「스켈레톤 마스터」

"나는 이곳에서 강자가 되겠다!"